Marcus Hünnebeck
Die Drahtzieherin

AF202060

Das Buch

Oberkommissarin Katharina Rosenberg steckt mitten in einem Entführungsfall, als sie der Profiler Mark Gruber kontaktiert. Er untersucht eine bundesweite Mordserie und hält eine ehemalige BKA-Beamtin für verdächtig. Im Rahmen seiner Nachforschungen ist er auf Hinweise gestoßen, dass diese Polizistin den Autounfall, bei dem Katharinas Tochter Sarah gestorben ist, herbeigeführt haben könnte. Während die Oberkommissarin die Suche nach dem verschleppten Opfer vorantreibt, versucht sie gemeinsam mit Mark, die Hintergründe der achtzehn Monate zurückliegenden Ereignisse aufzudecken. Als eine unerwartete Wendung eintritt, verlässt sie den Pfad der konventionellen Polizeiarbeit und bringt sich dabei selbst in große Gefahr.

Der Autor

Marcus Hünnebeck wurde 1971 in Bochum geboren und lebt inzwischen als freier Autor im Rheinland. Er studierte an der Ruhr-Universität Bochum Wirtschaftswissenschaften. Nach einigen sehr erfolgreichen Veröffentlichungen im Selbstverlag über Kindle Direct Publishing, wie »Verräterisches Profil« und »Die Rache des Stalkers«, führt Marcus Hünnebeck mit »Die Drahtzieherin« die Zusammenarbeit mit Amazon Publishing fort. Weitere Informationen zum Autor finden sich auf www.huennebeck.eu und unter facebook.com/MarcusHuennebeck.

MARCUS HÜNNEBECK

DIE

DRAHTZIEHERIN

EIN KATHARINA-ROSENBERG-THRILLER

Deutsche Erstveröffentlichung bei
Edition M, Amazon Media EU S.á.r.l
5 Rue Plaetis, L-2338, Luxembourg
April 2015

Umschlaggestaltung: bürosüd⁰ München, www.buerosued.de
Umschlagmotiv: © Arminia Studio, Gettyimages 181305520
Lektorat: Kanut Kirches
Satz: Monika Daimer, www.buch-macher.de

Gedruckt durch
Amazon Distribution GmbH
Amazonstraße 1
04347 Leipzig, Deutschland

ISBN: 978-1-50394561-6

www.amazon.de/editionm

Für Christian und Jenny

Prolog

Der Sessellift ratterte. Jana, versunken in die Betrachtung der verschneiten Umgebung, schreckte auf. Der Schutzbügel fuhr vollautomatisch nach oben. Als die Skier den Boden berührten, stieß sie sich von der Sitzfläche ab und verließ den Liftbereich.

Seit ihrer Kindheit beherrschte sie das Skifahren und hatte in ihrer Jugend sogar einige bedeutende Pokale gewonnen. Doch im Alter von fünfzehn Jahren hatte sie ein verheerender Sturz für viele Wochen ans Krankenhausbett gefesselt. An eine mögliche Rennfahrerkarriere war danach nicht mehr zu denken gewesen. Trotzdem konnte sich Jana immer noch mit Halbprofis messen. Aber das musste sie bei der folgenden Abfahrt geschickt verbergen. Sie hatte einen Plan, der sich nicht verwirklichen ließe, falls die Zielperson das tatsächliche Ausmaß ihres Könnens erkennen würde.

Der Mann befand sich etwa zweihundert Meter hangabwärts. Er trug einen modischen, dunkelblauen Skianzug und versuchte, einer Gruppe von zehn Erwachsenen weiterführende Kenntnisse des Skifahrens zu vermitteln. Sein Name war André Möller, er war fünfunddreißig Jahre alt und arbeitete seit zwei Monaten in diesem Wintersportort als freiberuflicher Skilehrer. In den letzten Tagen hatte Jana ihn heimlich beobachtet und dabei festgestellt, dass er nie die Geduld verlor, wenn manche der Kursteilnehmer bei den Übungen an ihre Grenzen stießen.

Vorsichtig nahm sie Fahrt auf. Aufgrund ihres Talents fiel ihr die zu spielende Rolle nicht allzu schwer. Je näher sie der Trainingsgruppe kam, desto unbeholfener wurde ihr Fahrstil, bis sie schließlich warnend *Achtung* rief.

Die Gruppenmitglieder blickten zu ihr hoch. Einige schienen belustigt über ihre missliche Lage zu sein, andere wirkten eher besorgt. Eine Frau brachte sich vorsichtshalber in Sicherheit. Mit einem fingierten, erschrockenen Quieken ließ sich Jana genau vor die Füße des Lehrers fallen. Schnee spritzte auf und umhüllte seine Beine.

Punktlandung, dachte sie, während ein kräftiger Arm zugriff und ihr aufhalf.

»Immer langsam mit den jungen Pferden«, ertönte eine angenehm tiefe Stimme.

»Tut mir leid. Ich konnte nicht bremsen.«

»Ist ja nichts passiert. Bei Ihnen alles in Ordnung?«

Sie sah ihn an und spürte, dass sie den richtigen Mann gefunden hatte. Bis eben war sie sich noch unsicher gewesen und das, obwohl sie ihn schon eine Woche lang beobachtete. Doch jetzt, wo sie ihn aus unmittelbarer Nähe betrachtete, war ein Irrtum ausgeschlossen. Seine hellblauen Augen glitzerten wie der Schnee, auf den die Sonne schien. Beim Anblick seiner glatten Haut geriet Jana in Versuchung, darüber zu streicheln. Oberhalb der Lippen befand sich der einzige Makel: eine kleine Schnittwunde, wahrscheinlich durch unvorsichtiges Rasieren selbst zugefügt.

»Ja. Mir geht's gut. Zumindest einigermaßen.« Mit mürrisch verzogenem Mund klopfte sich Jana den Schnee vom Anzug. »Früher wäre das nicht geschehen.«

»Früher?«, hakte er neugierig nach.

»Ich bin vor fünf Jahren das letzte Mal Ski gefahren und hatte gehofft, ich hätte nichts verlernt.«

»Das ist kein leichter Hang«, wandte er ein.

»Ich habe gedacht, dass es wie mit dem Radfahren ist: einmal gelernt, für immer beherrscht. Was solls. Irgendwie werde ich schon nach unten kommen.«

Sie machte Anstalten, loszufahren, doch er griff kraftvoll zu und hielt sie am Oberarm fest.

»Warten Sie. Warum schließen Sie sich uns nicht an? Vorausgesetzt, mein Kurs hat nichts dagegen.«

Fragend blickte Möller seine Schüler an, von denen niemand protestierte. Ein Teilnehmer meinte, dies sei vermutlich das Beste, ehe sie mit jemandem zusammenstoßen würde, was zwei Frauen zu kindischem Kichern animierte. Am liebsten hätte Jana direkt gekontert – stattdessen zauberte sie ein halb verlegenes, halb um Verständnis heischendes Lächeln hervor. Sie hatte Pläne, für deren Realisierung sie bereit war, Spott zu ertragen.

»Kann ich mit Ihnen unter vier Augen sprechen?«

»Natürlich.«

Sie entfernten sich ein Stück von der Gruppe.

»Ich weiß Ihr Angebot zu schätzen«, erklärte sie. »Ich kann es mir allerdings nicht leisten. Ich müsste Sie bezahlen, wenn ich mich Ihnen anschließe. Bestimmt sind Sie ein richtig guter Lehrer und Ihre Stunden haben ihren Preis. Leider habe ich eine ziemlich teure Scheidung hinter mir. Oder besser gesagt: eine Schlammschlacht. Eigentlich kann ich mir den ganzen Urlaub nicht leisten, aber ein Skilehrer würde endgültig mein Budget sprengen.«

»Sie brauchen mir nichts zahlen«, entgegnete er.

Jana hatte registriert, wie aufmerksam er ihr zugehört hatte. Als Alleinreisende passte sie in sein Beuteschema.

»Wirklich nicht?«, fragte sie überrascht.

»Das ist unser letztes Teilstück für heute. Dafür verlange ich doch kein Geld! Falls Sie mögen, können Sie mir gern am Abend einen Glühwein ausgeben. Und nun kommen Sie! Ich verspreche Ihnen: Nachher werden Sie sich auf den Brettern wieder so sicher fühlen wie vor einigen Jahren.«

Zögernd nickte sie. »Ich heiße Jana.«

»André.«

Auf der langen Abfahrt, die von zahlreichen Stopps unterbrochen wurde, bei denen André ihnen verschiedene Tricks beibrachte, verhielt sich Jana rollengemäß. Langsam schien sie ihre Sicherheit zurückzuerlangen und entwickelte sich zur eifrigsten Schülerin. Kurz vor dem Ziel hielt er lächelnd neben ihr an. »Vermutlich wären Sie auch ohne uns heil angekommen.«

»Allerdings mit deutlich weniger Spaß.«

In diesem Moment stürzte einer der Schüler in den Schnee und stöhnte schmerzvoll auf. André ließ Jana stehen und kümmerte sich um seinen Schützling.

Schließlich erreichten sie das Tal und die Gruppe zerstreute sich. Jana wartete, bis der letzte Teilnehmer davongestapft war.

»Sie haben den Kurs bereichert«, lobte André.

»Danke, dass ich mich anschließen durfte. Anscheinend gibt es doch noch charmante Männer. Daran habe ich in der letzten Zeit stark gezweifelt.« Gespielt verlegen betrachtete sie ihre klobigen, gelben Skischuhe. »Dürfte ich Sie heute Abend tatsächlich auf einen Glühwein einladen? Natürlich nur, wenn Sie nichts Besseres vorhaben.«

»Ich hatte schon befürchtet, Sie hätten meinen Vorschlag vergessen«, antwortete er strahlend.

»Ganz im Gegenteil.«

»Haben Sie ein Wunsch-Lokal?«

»Außer meiner Pension kenne ich hier nichts.«

»Wo wohnen Sie?«

»Haus Maria. Am Ortseingang. Wie gesagt, mein Budget ist schmal.«

»Dafür brauchen Sie sich nicht zu rechtfertigen. Darf ich Sie um neunzehn Uhr abholen?«

»Perfekt!«

»Dann bis später.« Er zwinkerte ihr zu, ehe er sich abwandte.

Jana blickte ihm hinterher. Es bestand kein Zweifel: Er war der Richtige!

* * *

Sorgfältig trug sie den dunkelroten Lippenstift auf und presste die Lippen zusammen. Danach musterte sie sich im Spiegel. Diesen Winter waren ihre Haare hellblond gefärbt und kurz geschnitten. Vielleicht würde sie das in einigen Monaten wieder ändern. Jede neue Frisur oder Haarfarbe verschaffte ihr in gewisser Weise eine andere Identität. Ein Mann, der sie vor drei Jahren mit der langen, schwarzen Mähne gesehen hatte, würde sie nun nicht wiedererkennen.

Aus einem Döschen holte sie die Kontaktlinsen heraus, mit denen André sie kennengelernt hatte. In Sekundenschnelle verwandelten sich ihre braunen Augen in hellblaue, die zu der aktuellen Frisur passten. Nach einem letzten kritischen Blick in den Spiegel verließ Jana das Bad und überprüfte den Schlafraum, dessen Erscheinungsbild ihrer Tarnung entsprach. Sie wohnte erst seit heute Mittag hier; während der Beobachtungsphase hatte sie in einem Hotel im Nachbarort übernachtet. Für die Rolle des finanziell angeschlagenen Scheidungsopfers war die Pension bestens geeignet. Deren Besitzer verzichteten sogar darauf, die Zimmer mit einfachsten Accessoires zu verschönern. Der Teppich war abgewetzt, die Matratze durchgelegen und die Tagesdecke des Bettes ausgeblichen. Dennoch fühlte sich Jana wohl.

Sie schaute auf die Armbanduhr. Da ihr noch eine Viertelstunde Zeit blieb, trat sie an den Schrank und öffnete den darin befindlichen Safe, in dem die Fotos der Opfer lagen. Drei Tote in ebenso vielen Jahren. Sie fragte sich, was die Opfer zuletzt gefühlt hatten. Verzweiflung? Scham? Erlösung?

Jana würde es nie erfahren, doch sie konnte sich vorstellen, was *sie* in einem solchen Augenblick fühlen würde.

Sie schloss die Bilder wieder weg und setzte sich aufs Bett, wo sie nach dem Messer tastete, das zwischen der Matratze und dem Lattenrost lag.

* * *

Seit zwei Stunden unterhielten sie sich angeregt in einem Lokal. Von Minute zu Minute wurde die Stimmung um sie herum ausgelassener, aber sie hatten bloß Augen füreinander. Damit sie sich trotz des Lärms verständigen konnten, saßen sie nah beieinander.

André zeigte so viel Interesse an ihr, dass sich Jana ausgehorcht vorkam. Trotzdem verschwieg sie ihm kein Detail der Biografie, die sie sich ausgedacht hatte. Er würde keine Gelegenheit mehr haben, diese zu überprüfen, sofern er heute Nacht in ihrem Bett landete. Jedes Mal, wenn sie versuchte, Informationen aus ihm herauszukitzeln, blieb er nur an der Oberfläche seiner Vergangenheit, ehe er das Gespräch zurück auf sie lenkte.

»Willst du noch einen Drink?«, fragte er.

Jana schüttelte den Kopf. »Ich möchte gehen. Die Luft wird mir hier zu stickig und es ist so unerträglich laut.«

Ein besorgter Ausdruck trat auf sein Gesicht. Fürchtete er etwa das abrupte Ende der Verabredung?

»Was hältst du von einem Spaziergang zu meiner Pension?«

Schlagartig verschwand seine Besorgnis. »Gern. Wartest du kurz auf mich? Ich muss eben zur Toilette.«

»Ohne dich setze ich keinen Fuß vor die Tür.«

Selbstzufrieden lächelte er. Jana sah ihm dabei zu, wie er sich langsam durch die Menge der Feiernden schlängelte.

* * *

Beim Verlassen der Kneipe schlug ihnen die Kälte einer wolkenlosen Winternacht entgegen.

»Ist das eisig geworden«, stellte Jana fest und schob sich den roten Schal übers Kinn.

»Ich liebe den Winter«, entgegnete André. »Egal, wie kalt es ist.«

Der Schnee knirschte unter ihren Schuhen. Je weiter sie sich vom Ortskern entfernten, desto ruhiger wurde es.

»Was machst du im Sommer?« Sie schaute ihn neugierig an.

»Das hängt vom vorherigen Winter ab. Verdiene ich in der Skisaison genug Geld, reise ich ziellos umher und schaue mir verschiedene Städte an. Ansonsten lasse ich mich irgendwo nieder, um zu jobben.«

»Die erste Variante klingt aufregend.«

»Geht so. Mein wahres Leben beginnt mit der Inbetriebnahme der Sessellifte und den Touristen, die in die Berge strömen, um Skifahren zu lernen oder ihr Können zu verbessern.«

»Wo hast du den letzten Sommer verbracht?«

»Da hat es mich bis nach Lissabon verschlagen. Der vergangene Winter war einer der besten meiner Karriere.«

»Da würden dich andere drum beneiden.«

»Andere würden mich um diesen Abend beneiden.«

Jana blieb stehen. Sie streifte den linken Handschuh ab und streichelte vorsichtig sein Gesicht. Er beugte sich zu ihr. Der erste Kuss war behutsam, doch kaum öffnete sie die Lippen, wurde er leidenschaftlicher. Gleichzeitig presste er sie an sich.

»Beeilen wir uns, bevor wir hier festfrieren«, flüsterte sie.

* * *

André ließ den dicken Anorak achtlos neben das Bett fallen.
Dann setzte er sich auf die Matratze. Jana beobachtete ihn,
während sie ihren Mantel ablegte. Mit einer Geste forderte er
sie auf, zu ihm zu kommen.

»Einen Moment«, vertröstete sie ihn. »Ich bin gleich wieder
da.«

Sie schlüpfte ins Bad, schloss die Tür und zog sich bis auf
die Unterwäsche aus. »Ich gehe jetzt zu ihm«, sagte sie leise zu
sich selbst. »Alles wird gut.«

Dem Spiegelschrank entnahm sie ein Kondom, ehe sie zu
André zurückkehrte.

Er hatte sich in die Decke eingewickelt. Seine Kleidung
lag auf dem Sessel und dem Boden verstreut. Jana bewegte sich
langsam auf ihn zu.

»Was habe ich mich danach gesehnt!«, hauchte sie erregt.
Adrenalin durchflutete ihren Körper.

»Nicht annähernd so sehr wie ich.« Er schlug die Decke
beiseite und packte sie gierig. Ihre Lippen verschmolzen, seine
Hände glitten zu ihrem Po und zogen den Slip hinunter. Vorläufig überließ sie ihm die Kontrolle. Er sollte nicht wissen, wie
ausgeliefert er ihr war. Nachdem sie seine Liebkosungen einige
Zeit genossen hatte, übernahm Jana die Initiative. Sie küsste
seinen Hals, die Brustwarzen, den Bauchnabel. Er befreite sie
vom BH, der am Bettrand liegen blieb. Während er das Gummi
überstreifte, legte sie sich auf den Rücken, griff nach dem BH
und warf ihn weg. Als er in sie eindrang und ihre Hand gleichzeitig das Messer unter der Matratze berührte, fühlte sie sich
unglaublich lebendig.

* * *

»Wir haben den Kontakt tatsächlich verloren!«, brüllte der Techniker. »Das ist kein Übertragungsfehler!«

»Das darf nicht wahr sein«, murmelte Fischer. Fassungslos blickte der Leiter der BKA-Sondereinheit auf das stumme Übertragungsgerät. Er musste sich entscheiden. Ließ er das Zimmer zu früh stürmen, würde die verdächtige Person ihren Hals mithilfe eines cleveren Anwalts aus der Schlinge ziehen. Ließ er zu spät stürmen, riskierte er ein weiteres Opfer.

Die Jagd erstreckte sich mittlerweile über einen Zeitraum von vier Jahren. Jeden Winter war ein Mord geschehen, doch erst nach der dritten Tat hatten sie endlich eine Spur gefunden. Da es bislang allerdings keine eindeutigen Beweise gab, hing alles vom Verlauf dieser Nacht ab. Sie mussten ihm bei dem arrangierten Treffen eine Tötungsabsicht nachweisen können.

Unzählige Gedanken schwirrten durch Fischers Kopf. Er wollte den Serienmörder unbedingt hinter Gitter bringen. Es wäre unverzeihlich, wenn der Täter seiner Strafe entgehen würde.

»Was sollen wir tun?«, fragte der Techniker.

Alle Augen im Raum hefteten sich auf den Einsatzleiter.

»Wie lange ist die Verbindung schon unterbrochen?«

»Achtzig Sekunden.«

Fischer zählte leise bis zehn. »Wir gehen rein«, flüsterte er dann, ehe er ins Mikrofon sprach. »Zugriff!«, befahl er dem Einsatzteam.

Der Kriminalrat betete, nicht zu lange gewartet zu haben.

* * *

Jana umklammerte das Messer, während sich André rhythmisch in ihr bewegte.

»Hilfe!«, schrie sie plötzlich.

André hielt verständnislos inne.

»Hilfe!«, wiederholte sie lauter, beinahe kreischend.

Sie riss das Messer hoch. Zwar schien er die Bewegung aus dem Augenwinkel zu registrieren, aber für eine Gegenreaktion blieb ihm keine Zeit. Jana stieß zu und traf genau sein Herz. Blut schoss aus der Wunde, gnadenlos drehte sie die Stichwaffe herum. Die herabspritzende, warme Flüssigkeit verschaffte ihr den besten Orgasmus ihres Lebens.

André sackte zusammen.

Sie vernahm hektische Aktivitäten auf dem Flur. Nun ging es um Sekunden. Sie stieß ihn von sich und zog die Klinge heraus. Seine linke Hand drückte sie um den Holzgriff, bevor sie das Messer zurück in das blutende Loch steckte.

Die Zimmertür flog krachend auf. Fünf Männer stürmten schussbereit in den Raum. Erst als sie den reglosen Verdächtigen registrierten, senkten sie die Pistolen. Jana verhüllte sich unterdessen mit der Decke.

»Wo wart ihr, verdammt? Er hätte mich fast umgebracht!«

Sie blickte zum Leichnam, dann auf das Blut an ihrem Oberkörper. Mit einer Hand vor dem Mund rannte sie ins Bad. Bei verschlossener Tür simulierte sie Würgegeräusche, ehe sie die Toilettenspülung betätigte und kurz darauf den Wasserhahn aufdrehte. Bedauernd wusch sie sich. Doch das Gefühl, wie sein Lebenssaft auf ihre nackte Haut spritzte, hatte sich tief in ihr eingebrannt.

Während sie sich anzog, klopfte es an der Badezimmertür.

»Johanna?«, erklang die Stimme des Einsatzleiters. »Geht es dir gut?«

Ihren richtigen Namen zu hören, war wie ein akustisches Signal, dass der Auftrag beendet war. Ohne ihm zu antworten, öffnete sie die Tür und ging an ihm vorbei bis zum Bett. Sie betrachtete den toten Jens Winkelmann. Alias André Möller. Alias Frank Stich. Alias Stefan Schumacher. Alias Holger Zabel. Er hatte immer die Nachnamen bekannter, früherer Sportler gewählt. Winter für Winter hatte er als Skilehrer gearbeitet und gleichzeitig Ausschau nach dem perfekten Opfer gehalten. Nach dessen Ermordung war er jedes Mal verschwunden und im Folgejahr an einem anderen Ort wieder aufgetaucht.

»Die Wanze ist ausgefallen«, erklärte Fischer entschuldigend.

»Er hat meinen BH genommen und weggeworfen. Vielleicht ist es dabei passiert.«

»Du hättest dich nicht in solche Gefahr bringen dürfen.«

»Ihr habt zu lange gewartet. Bei einem rechtzeitigen Zugriff würde er noch leben und wir könnten ihn verhören.« Sie zuckte mit den Achseln. »Er hat den Sommer angeblich in Lissabon verbracht. Deswegen haben wir ihn wohl nicht aufgespürt.«

* * *

Unstimmigkeiten verzögerten den Abschluss der Ermittlungen. Warum hatte der Mörder zwei Messer bei sich gehabt: das, mit dem ihn Johanna in Notwehr getötet hatte, und jenes, welches sie im Anorak gefunden hatten? Weshalb war er diesmal zu einem so frühen Zeitpunkt in Aktion getreten, obwohl er sonst erst am Ende der Saison zugeschlagen hatte? Es stellte sich außerdem die Frage, wieso Johanna überhaupt so weit gegangen war. Dem ursprünglichen Plan zufolge hätte sie sich in der Pension zieren und seine Reaktion abwarten sollen. Ihre freimütige Erklärung, in dem Moment sexuell erregt gewesen zu sein, löste Getuschel aus.

Glücklicherweise hatten sie in der Unterkunft des Toten Besitztümer der Opfer sichergestellt – unter anderem den Ehering einer der Ermordeten. Als sich Johannas Vorgesetzte schließlich dazu durchrangen, sie trotz allem zu belobigen, quittierte sie den Dienst.

Natürlich wollte jeder die Beweggründe erfahren. Johanna behauptete, sie könne das Blut auf ihrem Körper nicht vergessen. Auch die Blicke der Kollegen, die sie wegen ihres Geständnisses, freiwillig mit dem Mörder geschlafen zu haben, ertragen musste, hätten zu der Entscheidung beigetragen.

* * *

Während Johanna nach ihrem letzten Arbeitstag das BKA-Gebäude verließ, dachte sie an die Beweise, die einen Täter verrieten. Stellte er sich geschickt an, konnte ihm allenfalls der Zufall in die Quere kommen. Mit einem wohligen Schauer erinnerte sie sich an ihre Gefühle bei dem Einsatz. So lebendig wie in dem Moment, als sie den Skilehrer ermordet hatte, wollte sie sich von nun an öfter fühlen.

Teil 1

Vergangenes

1

Katharina Rosenberg schloss die Autotür und lief eilig auf den Hauseingang zu. Sie hatte sich um mehr als eine Stunde verspätet. Aber in ihrem Beruf wusste man nie, wann genau man Feierabend machen konnte. Während der guten Ehejahre hatte Julius Verständnis dafür gehabt; mittlerweile bestrafte er sie am Telefon mit Brummtönen oder Schweigen, wenn sie ein Zuspätkommen ankündigte. Bestimmt würde er ihr gleich wieder vorhalten, eine schlechte Mutter zu sein. Wie sie das hasste!

Sie drückte zweimal den Klingelknopf. Es vergingen nur wenige Augenblicke, bis ihr geöffnet wurde. Katharina betrat den Hausflur und eilte die zwei Etagen nach oben, wo ihre fünfjährige Tochter Sarah sie bereits ungeduldig erwartete.

»Mami!«, rief die begeistert.

»Schnupsi«, antwortete Katharina und strahlte ihre Tochter glücklich an. Egal, wie schrecklich die Fälle waren, in denen sie ermittelte, sobald sie Sarah erblickte, trat das alles in den Hintergrund.

Sie hob ihre Tochter in die Höhe und gab ihr einen feuchten Kuss auf die Wange, was diese mit einem wundervollen Lachen quittierte.

»Hast du deinen Rucksack gepackt?«, fragte Katharina. »Morgen bringe ich dich in den Kindergarten.«

»Ich hol ihn schnell.«

Sie setzte Sarah auf dem Boden ab und sah ihr hinterher, als sie in die Wohnung hineinrannte. Für einen Moment spielte Katharina mit dem Gedanken, vor der Tür stehen zu bleiben, um einen erneuten Streit mit Julius zu vermeiden. Aber der Anstand erforderte es, sich bei Julius wegen der Verspätung zu entschuldigen. Also klopfte sie gegen den Türrahmen und trat ein.

»Ich bin im Wohnzimmer«, ertönte seine gereizt klingende Stimme.

Das Bedürfnis, ihn zu ignorieren, wurde stärker. Katharina atmete tief durch und betrat den Raum, wo er auf der Couch eine Zeitung las.

»Tut mir leid«, sagte sie leise. »Wir arbeiten gerade an einem extrem arbeitsintensiven Fall. Früher habe ich es nicht geschafft.«

Er tippte auf die Tageszeitung. »Dank der Presse weiß ich Bescheid, womit meine Noch-Ehefrau tagsüber beschäftigt ist. Heftig!«

Waren das etwa versöhnliche Töne? Im Grunde war Julius ein sehr mitfühlender Mensch, der sich gut in andere hineinversetzen konnte. In glücklichen Ehezeiten war sie manchmal nach Hause gekommen und von ihm mit einer Aufmerksamkeit überrascht worden. Ein Strauß frischer Blumen. Ein Pralinenherz. Ein eingelassenes Bad mit unzähligen Teelichtern am Badewannenrand. Wenn sie an die alten Zeiten dachte, wünschte sie sich, sie hätten sich mehr darum bemüht, ihre Ehe zu retten. Sie vermisste den alten Julius als Partner an ihrer Seite.

»Trotzdem ist das kein Grund, uns hängen zu lassen«, fuhr er vorwurfsvoll fort. »Die Kleine muss in einer halben Stunde ins Bett. Sie war total hibbelig, weil du nicht aufgetaucht bist.«

»Ich habe angerufen«, verteidigte sich Katharina.

»Ein Anruf! Toll!«, verspottete er sie. »Was hätte das gebracht, falls ich selbst Pläne gehabt hätte? Deine Unzuverlässigkeit nervt! Es ist unverantwortlich, dass Sarah nach der Scheidung bei dir leben soll.«

»Muss diese Diskussion jetzt sein?« Katharina starrte ihn feindselig an.

Er erwiderte ihren Blick, ohne etwas zu sagen.

»Du nimmst starke Schmerzmittel. Seit vielen Jahren. Hin und wieder bist du so weggetreten, dass du nicht mitbekommst, was um dich herum geschieht. Da könnte sie die Wohnung abfackeln! Soll sie wirklich in einem solchen Haushalt aufwachsen?«

»Ich habe mir die Krankheit nicht ausgesucht«, redete er sich in Rage. »Im Gegensatz zu dir und deiner Berufswahl. Wenn du wenigstens bereit wärst, dich von der Mordkommission versetzen zu lassen. Im Betrugsdezernat müsstest du weniger Überstunden machen.«

»Man wechselt nicht mal eben so das Dezernat«, widersprach sie ihm.

»Aber es ist möglich. Das habe ich im Internet recherchiert. Deine Tochter ist dir halt nicht wichtig genug.«

»Idiot! Du weißt, wie wichtig sie mir ist. Und wenn du dich so verhältst, sehe ich auch nicht ein, warum ich auf deine Wünsche eingehen soll. Im Kindergarten wird sie bis fünf Uhr betreut – sobald sie in die Schule geht, zumindest bis halb fünf. Sollte das Gericht zu meinen Gunsten entscheiden, werden meine Eltern den Rest der Zeit abdecken. Ich hasse es, mich vor dir rechtfertigen zu müssen.«

»Sei nicht so siegesgewiss. Laut meiner Anwältin stehen meine Chancen fifty-fifty.«

»Hat sie dich denn schon einmal bedröhnt in der Ecke liegen gesehen? Das würde ihren Optimismus bestimmt dämpfen.«

Wut verzerrte sein Gesicht. Doch ehe er etwas Verletzendes erwidern konnte, kam Sarah zu ihnen in den Raum.

»Ihr sollt nicht wegen mir streiten«, bat sie schluchzend.

Katharina drehte sich zu ihrer Tochter um. Tränen liefen dieser das Gesicht hinab. Gleichzeitig erhob sich Julius von der Couch und stöhnte dabei.

»Verdammt!«, fluchte er leise.

Anscheinend war ihm wieder ein Stich in den Rücken gefahren.

»Alles gut, Papi?«, fragte Sarah.

»Ja«, behauptete er. Aber statt zu ihnen zu kommen, sank er auf die Couch zurück.

Vorsichtig wischte Katharina die Tränen weg. »Wir streiten uns nicht deinetwegen. Papi und ich sind bloß unterschiedlicher Meinung, wo du in Zukunft leben sollst.«

»Ich will bei euch beiden bleiben«, sagte Sarah kläglich.

Katharina lächelte ihr Kind an, sagte allerdings nichts. Wie sollte eine Fünfjährige verstehen, dass die Erwachsenen nicht in der Lage waren, sich vernünftig zu einigen? Durch die Trennung war mehr emotionaler Schaden angerichtet worden, als ein Kind ahnen konnte. Das Verhalten von Julius in den letzten Monaten hatte Katharina dazu veranlasst, das alleinige Aufenthaltsbestimmungsrecht gerichtlich geltend zu machen. Nach einem entsprechenden Richterspruch wäre sie bereit, eine Lösung zu suchen, die Sarahs Bedürfnisse berücksichtigen würde.

»Wir beide werden immer für dich da sein«, versprach sie und stupste ihrer Tochter mit einem Finger auf die Nase. »Jetzt müssen wir los. Bald ist Schlafenszeit. Sag Papi Tschüss.«

* * *

Johanna saß in dem Wagen, den sie bei einem dubiosen Händler erworben hatte, und wartete. Zur Tarnung blätterte sie im

Handbuch des Fahrzeugs, doch ihr eigentliches Interesse galt einem etwa einhundert Meter entfernten Hauseingang, in dem die Kommissarin verschwunden war.

Auf der Fahrt von Hamburg nach Köln, etliche Wochen zuvor, hatte Johanna gegen starkes Selbstmitleid gekämpft. Der erste Mord vor drei Jahren hatte unbeschreibliche Gefühle in ihr hervorgerufen, die Ermordung des Jugendlichen in der Hansestadt hingegen nur einen kleinen Schauder verursacht. Wie sehr sehnte sie sich nach den intensiveren Empfindungen der Vergangenheit. Sie schienen für immer verloren zu sein. Aber dann war sie eines Morgens mit der Erkenntnis aufgewacht, warum die Taten jedes Mal weniger lohnenswert wurden: Es fehlte der richtige Gegner. Ihr erstes Opfer war ein Serienmörder gewesen. Die neun darauffolgenden Personen hatten aus banaleren Gründen Johannas Aufmerksamkeit geweckt. Bestimmt lag die nachlassende Intensität an der Auswahl ihrer Opfer. Die meisten von ihnen waren vermutlich einfach zu leicht zu überwältigen gewesen. Sie benötigte jemanden, mit dem sie sich wirklich messen konnte. Bei dem die Gefahr bestand, dass sie am Ende als Verliererin vom Platz gehen würde. Ein Opfer, das eine Herausforderung darstellte.

Die Haustür öffnete sich. Sarah und ihre Mutter traten heraus. Sie liefen zu einem in der Nähe des Gebäudes abgestellten Auto. Katharina Rosenberg half ihrer Tochter beim Einsteigen und schnallte sie im Kindersitz fest.

Schlagzeilen in den beiden großen Boulevardblättern hatten Johannas Interesse auf die Kommissarin gelenkt. Ähnlich wie sie selbst zu ihrer aktiven BKA-Zeit jagte Rosenberg derzeit einen Serienkiller, der sich an Frauen verging.

Es kam nicht infrage, die Polizei bei der Jagd nach dem Psychopathen zu behindern, obwohl sie inzwischen die Seiten gewechselt hatte. Doch sobald die Sonderkommission den Schuldigen verhaftet hätte, würde Johanna in den Ring steigen und Katharina herausfordern. Deswegen sammelte sie momentan Informationen. Durch die tägliche Beschattung und sorgfältige Internetrecherche hatte sie herausgefunden, dass die Polizistin in Scheidung lebte. Außerdem war sie die Mutter eines fünfjährigen Kindes, das morgens zum Ganztagskindergarten gebracht und spätnachmittags abgeholt wurde. Die Sicherheitsvorkehrungen in solchen Tagesstätten waren lax. Bestimmt würde sich eine Möglichkeit finden, das Mädchen zu verschleppen.

Ohne einen Plan konkret ausgearbeitet zu haben, waren verschiedene Ideen entstanden. Bei einer von ihnen würde das Kind sterben, um Katharina psychisch zu brechen. Während sich die Polizeibeamtin in einer Phase seelischer Hilflosigkeit befände, würde Johanna in ihrem Leben auftauchen und ihr Vertrauen gewinnen. Vielleicht schon einige Wochen nach der Beerdigung, vielleicht auch erst viele Monate später. Je nachdem, was für einen Eindruck Rosenberg machen würde.

Unschlüssig war Johanna allerdings, was den Ehemann anbelangte. Wahrscheinlich musste sie ihn auch ermorden, um ihn als störendes Element auszuschalten. Stellte sich nur die Frage, ob es eine Chance gäbe, ihm den Tod der Tochter anzulasten.

Sie sah dabei zu, wie die Kommissarin ausparkte und die Straße entlangfuhr. Statt ihr zu folgen, betrachtete Johanna neugierig ein weißes Schild, das in einem Fenster eine Etage über der Wohnung von Julius Rosenberg angebracht war. Darauf standen die verlockend klingenden Worte *zu vermieten*. Johanna stieg aus, um sich das Ganze näher anzusehen.

2

Johanna spürte den Blick des Vermieters, obwohl sie ihm den Rücken zugekehrt hatte. Sie trug einen dunkelblauen Rock, der ihr bis knapp über die Knie reichte, und eine weiße Bluse. Nichts Ausgefallenes, doch der Rock betonte die Rundungen ihres Hinterns, worauf Männer im Regelfall ansprangen.

»Das ist das Wohnzimmer«, sagte er überflüssigerweise. »Vierundzwanzig Quadratmeter groß mit einem schönen Ausblick auf die Grünanlage. Die Räume werden komplett renoviert übergeben. Bei dem Bodenbelag handelt es sich um Echtholzparkett.«

Trotz der zehn Zentimeter hohen Absätze schritt sie elegant zum Fenster. Der Mittvierziger hatte nicht gelogen. Die Wohnung in der zweiten Etage gewährte einen Blick auf einen gepflegten, weitflächigen Rasen, auf dem ein paar stattliche Bäume standen. Linker Hand befanden sich ein Sandkasten, eine rote Plastikrutsche und drei Holzbänke.

»Das Haus gehört zu einer Eigentümergemeinschaft von achtundvierzig Parteien, die auf sechs Gebäude verteilt sind«, erklärte der Mann. »Jeder Mieter darf die Grünflächen nutzen. Im Sommer laden sie zu ausgedehnten Sonnenbädern nach Feierabend ein. Apropos. Mich interessiert natürlich auch Ihr Beruf.«

Johanna drehte sich zu ihm um. »Ich arbeite Vollzeit als persönliche Assistentin des Juniorchefs einer bekannten Kölner Firma.«

»Wunderbar.« Er notierte diese Information. »Wie viel verdienen Sie netto?«

»Zweitausenddreihundert.« Eine Summe, die plausibel klang und keinerlei Fragen aufwarf.

Er nickte zufrieden. »Jetzt möchte ich Ihnen gern die Küche zeigen, deren Einbauschränke und -geräte im Mietpreis enthalten sind.«

Für die wenigen Tage, die Johanna hier wohnen würde, waren die vorhandenen Möbel ideal. Dass die weißen Schränke ihrem Geschmack entsprachen und gut mit den Bodenfliesen harmonierten, rundete das Ganze ab. Nachdem sie das Badezimmer und das Schlafzimmer besichtigt hatte, sprach sie den Punkt an, der ihr besonders wichtig war.

»Wie schnell kann ich einziehen?«

Der Eigentümer schmunzelte. »Ihnen scheint das Objekt ja richtig gut zu gefallen.«

»Ich habe mich am Wochenende von meinem Freund getrennt und will nun schnellstmöglich aus unserer gemeinsamen Bude raus.«

»Wie Sie sehen, ist die Wohnung frei. Heute ist der Einundzwanzigste, also böte sich eine Vermietung zum Ersten des nächsten Monats an.«

»Würde ich die Schlüssel schon vorher bekommen?«

»Am letzten Wochenende des Monats.«

»Ginge es auch früher?« Sie schenkte ihm ein aufreizendes Lächeln.

Er blickte auf seine Armbanduhr. »Ich habe gleich einen Termin, den ich nicht aufschieben kann. Ist das wirklich so dringend bei Ihnen?«

Verlegen schaute Johanna zu Boden. »Gestern hätte er mich fast geschlagen«, murmelte sie.

»Seien Sie froh, dass Sie die Beziehung beendet haben. Okay, meinetwegen. Die Kaltmiete beträgt sechshundertfünfzig, als Einzelperson müssen Sie etwa hundertfünfzig Euro Nebenkosten einkalkulieren. Die Kaution in Höhe zweier Monatsmieten ist innerhalb von vier Wochen auf mein Konto zu überweisen. Stellt das ein Problem dar?«

»Nein, überhaupt nicht«, versicherte ihm Johanna.

»Ich bin spätestens um neunzehn Uhr zu Hause.« Er griff in seine Anzugtasche und reichte ihr eine Visitenkarte. »Darauf finden Sie meine Privatanschrift. Kommen Sie um halb acht zu mir und bringen Sie Ihren Personalausweis sowie die aktuelle Lohnabrechnung mit. Sie können die Schlüssel nach Unterzeichnung des Mietvertrags mitnehmen.«

»Vielen, vielen Dank!« Scheinbar überwältigt von dieser Großherzigkeit trat Johanna rasch vor und hauchte dem verdutzten Vermieter einen Kuss auf die Wange. Sie hatte nicht den Eindruck, als wäre es ihm unangenehm.

An der Haustür wandte sich der Mann nach rechts, sie hingegen lief in die entgegengesetzte Richtung. Johanna hörte eine Autotür zuschlagen, kurz danach einen Wagen davonfahren. Sie blieb stehen und ging zurück zum Haus. Es wurde Zeit, Julius Rosenberg persönlich kennenzulernen.

* * *

Der *Imperial March* aus dem *Star-Wars*-Soundtrack erklang und sofort wusste Julius, was das zu bedeuten hatte. Den Klingelton nutzte er lediglich für einen seiner Kontakte. Bestimmt würde Katharina erneut eine deutliche Verspätung ankündigen.

»Hallo.«

»Ich bin's. Es tut mir schrecklich leid, aber ich kann mich heute nicht um Sarah kümmern. Wir stecken mitten in einer

Ermittlung, die sich gerade zuspitzt. Darf die Kleine bei dir schlafen oder soll ich meine Eltern bitten, sie abzuholen?«

»Das ist jetzt nicht dein Ernst«, erwiderte er genervt. »Gestern kommst du zu spät, heute gar nicht?«

»Okay. Ich ruf meine Mutter an. Sie wird Sarah nachher holen. Dumm von mir, zu glauben, du würdest dich über einen zusätzlichen Abend mit deiner Tochter freuen.«

»Warte! Natürlich kann sie bleiben.«

»Sicher?«

»Katharina! Wir müssen los«, rief eine Männerstimme im Hintergrund.

»Ja!«

»Danke. Gib ihr einen Kuss und sag ihr bitte, wie leid es mir tut.«

»M-hm«, brummte er und legte auf. Er erinnerte sich an früher. Solche Anrufe hatten ihm immer bewusst gemacht, dass sie in eine gefährliche Situation geraten könnte. Am Ende dieser Telefonate hatte er sie daher stets gebeten, gut auf sich aufzupassen. Inzwischen war es ihm egal, ob ihr etwas zustieße. Würde sie im Dienst sterben, würde das einiges vereinfachen. Rasch schob er diesen Gedanken beiseite. Für Sarah wäre es traumatisch, einen Elternteil zu verlieren.

Julius steckte das Handy in die Hosentasche. Dann begab er sich ins Zimmer seiner Tochter. Sie hockte auf dem Boden und war ganz in ihr Spiel mit den Puppen vertieft. Er beobachtete sie eine Weile, bevor sie ihn wahrnahm.

»Spielst du mit?«, fragte sie. »Ich habe leckeren Kuchen gebacken.« Sarah deutete auf einen leeren Miniplastikteller, der sich rechts von ihr befand.

»Klar.«

Um seinen lädierten Rücken nicht überzustrapazieren, setzte er sich auf den Stuhl, den er abends zum Vorlesen benutzte. Sie gab ihm einen kleinen Teller mit Blümchendekor.

»Was ist das denn für ein Kuchen?«

»Schokokuchen.«

»Hmm.« Demonstrativ rieb sich Julius den Bauch. »Mami kann dich heute nicht abholen«, teilte er Sarah mit, während sie ihm eine Spielzeuggabel reichte. »Sie muss arbeiten.« Er konnte ihr die Enttäuschung ansehen. »Wir können es uns ja nachher gemütlich machen und ich lese dir weiter aus dem Märchenbuch vor.«

Das eben noch so traurige Gesicht wurde von einem Strahlen erhellt. »Toll! Die Prinzessin auf der Erbse.«

»Schon wieder?«

Eifrig nickte Sarah, doch ehe ihr Vater etwas erwidern konnte, klingelte es an der Wohnungstür.

»Wer ist das?«

»Ich habe keine Ahnung.« Julius erhob sich langsam und ging Richtung Diele.

* * *

Johanna wartete. Sie bemerkte eine Lichtveränderung im Spion, woraufhin sie ein herzliches Lächeln aufsetzte. Kurz darauf öffnete Julius Rosenberg die Tür.

»Hallo«, begrüßte er sie.

»Oh. Was für eine nette Überraschung«, entgegnete Johanna. »Ein attraktiver Mann.«

Durch ihre Tätigkeit für das BKA war sie in der Lage, die Körpersprache und Mimik ihrer Mitmenschen zu analysieren, insbesondere in den Augenblicken, wenn sie eine Person überrumpelt hatte.

Ihr zukünftiger Nachbar verhielt sich wie ein offenes Buch. Er sah sie an, seine Pupillen weiteten sich ein Stück, gleichzeitig verzog er die Lippen zu einem übertriebenen Grinsen. Außerdem nahm sie einen Hauch Röte auf seinem Gesicht wahr.

»Kennen wir uns?«, fragte er erstaunt.

»Noch nicht, aber das wird sich ändern. Hoffentlich klingt das jetzt nicht wie eine Drohung.«

Johanna lachte und er stimmte sofort ein. Sie hielt ihm die Hand hin, um ihn erneut zu testen. Er wischte mit der Handinnenfläche hastig über sein Hosenbein, bevor er sie berührte.

»Sabine«, stellte sie sich unter dem falschen Namen vor, den sie auch gegenüber dem Vermieter benutzt hatte. »Wahrscheinlich ziehe ich in die Wohnung über Ihnen ein. Ich hätte da ein paar Fragen. Vielleicht könnten Sie mir weiterhelfen?«

»Na klar, gerne. Wollen Sie auf einen Kaffee reinkommen?«

Nun war es ihm gelungen, sie zu überrumpeln. Unfassbar, wie leicht er es ihr machte.

Julius trat einen Schritt zurück und forderte sie auf, hereinzukommen. Im gleichen Moment erschien das Mädchen in der Diele.

»Hallo«, sagte Johanna mit absichtlich erhöhter Stimmlage. »Wer ist denn diese hübsche junge Dame?«

Julius' Tochter kicherte. »Ich bin Sarah. Wer bist du?«

»Ich heiße Sabine.«

Ohne Scheu reichte ihr Sarah die Hand. Anscheinend gehörte sie nicht zu den Kindern, die Fremden gegenüber ängstlich waren. Auch das würde die Ausführung von Johannas Plan vereinfachen.

»Sabine zieht in die Wohnung über uns ein«, erklärte Julius.

»Hast du Kinder?«, fragte Sarah.

»Leider nicht.«

»Schade.« Als hätte sie das Interesse verloren, drehte sich die Kleine um und ging wieder in ihr Zimmer.

»Wir wohnen selbst erst seit einigen Monaten hier«, erläuterte Julius. »Ihr fehlen gleichaltrige Freunde.«

»Das kenne ich aus meiner eigenen Kindheit«, bekannte Johanna. Sie folgte dem Mann in die Küche.

»Nehmen Sie Platz. Was mögen Sie? Einen Milchkaffee oder lieber einen Espresso?«

In der nächsten Viertelstunde löcherte Johanna Julius mit Fragen. Statt auf seine Antworten achtete sie jedoch auf seine körperlichen Reaktionen. Er gab sich sichtlich Mühe, sie zu beeindrucken. Als sie bemerkte, dass er den Bauch einzog, um schlanker zu wirken, musste sie ein Lachen unterdrücken. Alles in allem gefiel er ihr – fast so sehr wie damals der Skilehrer. Es würde Spaß machen, mit Julius zu spielen. Ob seine Ermordung noch einmal die gleichen Gefühle in ihr auslösen konnte, die sie bei ihrem ersten Mord empfunden hatte?

Sobald er tot war, würde sie sich um das Mädchen kümmern, dessen Ermordung die Kommissarin psychisch brechen sollte. Oder wäre es besser, Vater und Tochter gleichzeitig umzubringen?

3

Mark Gruber stellte die Reisetasche ab. Ehe er die Tür aufschloss, hielt er nachdenklich inne. In welcher Stimmung würde er Beate antreffen? Bei den Telefonaten in den letzten Tagen hatte er den Eindruck gehabt, dass es ihr momentan gut ging, doch die Erfahrung lehrte ihn, dass die seelischen Rückschläge unangekündigt auftraten. Die Ermordung ihres Ehemanns lag nun zweieinhalb Jahre zurück. Er fühlte sich mitverantwortlich für dessen Tod, da es seine Idee gewesen war, den Verdächtigen mit einer proaktiven Strategie unter Druck zu setzen – was in einer Tragödie geendet hatte. Dem mehrfachen Mörder war es gelungen, in das Haus der Familie Bauer einzubrechen. Dort hatte er Sebastian erschossen und Beate überwältigt. Erst in allerletzter Sekunde hatte ein Einsatzkommando verhindert, dass der Täter ihr physischen Schaden zufügen konnte. Aber psychisch war sie daran zerbrochen. Seit jener verhängnisvollen Nacht hatte sie ihre Tätigkeit als Kommissarin nicht mehr ausüben können.

Sebastians Tod lastete wie ein Fluch auf Mark. Seine Fehleinschätzung hatte zu dem Verlust eines Ehemanns und Vaters geführt.

Er war damals nicht an seinen Lehrstuhl an der Hamburger Universität zurückgekehrt, sondern hatte sich vom BKA als Fallanalyst einstellen lassen.

Beates Psyche war schwer geschädigt.

Was war mit seiner eigenen?

Früher hatte er den Umgang mit Studenten in Vorlesungen und Seminaren als wohltuenden Ausgleich für seine Forschungsarbeiten über Serienmörder empfunden. Heutzutage gab es nur noch diese Mörder in seinem Leben und den Wunsch, sie zur Strecke zu bringen.

Er atmete tief durch, bevor er den Schlüssel ins erste der insgesamt zwei Schlösser steckte. Beate hatte darauf bestanden, dass sie die bestmöglichen Sicherheitsvorkehrungen trafen. Als auch das zweite Schloss geöffnet war und Mark die Tür aufdrückte, stand sie bereits in der Diele. Ihre schulterlangen, rötlich-blonden Haare hatte sie zu einem Zopf geflochten – sie wusste, wie sehr ihm diese Frisur gefiel. Dazu trug sie eine figurbetonte Bluejeans und eine schwarze Bluse. Offenbar hatte sie sich für das Wiedersehen nach seiner einwöchigen Abwesenheit hübsch gemacht.

»Hallo Schatz«, begrüßte Beate ihn.

»Schön, wieder hier zu sein, Liebling«, erwiderte er lächelnd. »Ich habe dich vermisst.«

Sie umarmte ihn. Ihre Lippen schmeckten nach Erdbeerjoghurt, ihre Haare rochen frisch gewaschen.

»Ist die Kleine schon im Bett?«

»Seit einer Stunde. Sie hat ständig nach dir gefragt.«

»Morgen wecke ich Ana mit einem dicken Kuss.«

Für Sebastians vierjährige Tochter Anastasia hegte er mittlerweile Gefühle, die bei einem leiblichen Kind nicht stärker sein könnten. Er würde alles geben, um sie vor den Gefahren dieser Welt zu beschützen.

»Sie ist so stolz«, erzählte Beate. »Im Kindergarten hat sie ihre allererste Einladung zu einer Geburtstagsparty bekommen.«

»Wer feiert denn?«, fragte Mark.

»Sophia.«

»Das rothaarige Mädchen mit den vielen Sommersprossen?« So oft es der Job zuließ, brachte Mark Ana zum Kindergarten oder holte sie ab.

»Genau.«

Gemeinsam gingen sie ins Wohnzimmer.

»Wie war es in Hamburg?«

»Ich habe viele alte Freunde getroffen. Du solltest mich bei einem meiner nächsten Besuche unbedingt begleiten.«

»Wir werden sehen«, antwortete Beate ausweichend.

Obwohl sie seit nunmehr anderthalb Jahren zusammenlebten, kannte sie lediglich seinen Vater und einen guten Freund. Beide waren bei ihnen in Bochum zu Gast gewesen. Beate weigerte sich beharrlich, die Stadtgrenzen zu verlassen, und die Therapeutin hatte sie bislang nicht davon überzeugen können, dass dies ein wichtiger Schritt zur Genesung sei.

»Mein Vater lässt Grüße ausrichten. Er hat mir für Ana ein Geschenk mitgegeben.«

»Lieb von ihm. Bist du beruflich vorangekommen?«

Mark bemerkte, dass sie ihre Hände wie in Gebetshaltung zusammenpresste und auf die Fingerknöchel starrte. Themen, die sie an ihre frühere Tätigkeit erinnerten, belasteten sie. Am Anfang ihrer Beziehung hatte seine Arbeit beim BKA wie eine unsichtbare Mauer zwischen ihnen gestanden. Inzwischen schaffte sie es immerhin, ihn nach Dienstreisen darauf anzusprechen. Da ihm Beates Ärztin empfohlen hatte, sie in diesen Teil seines Lebens einzubinden, verschwieg er ihr mittlerweile auch keine Einzelheiten mehr.

»Ich habe ein ungutes Gefühl bei dem Fall«, sagte er. »Ein Siebzehnjähriger wird ermordet und den gefundenen Spuren zufolge hatte er kurz vor seinem Ableben Sex. Nach Aussage seiner Freunde war er nur am weiblichen Geschlecht interessiert. Das führt zu der Annahme, dass es sich um eine Täterin handelt. Aber die Polizei schließt nach den bisherigen Erkenntnissen jemanden aus dem sozialen Umfeld des Jungen als Schuldige aus. Also suchen sie nach einer Unbekannten und stochern bezüglich des Motivs völlig im Dunkeln. Er hat keine Drogen genommen, die Eltern sind nicht in kriminelle Machenschaften verwickelt. Eine Prostituierte mit Hass auf Freier käme infrage, doch seine Bekannten behaupten, Marvin habe es nicht nötig gehabt, zu einer Nutte zu gehen. Insgesamt liegen sieben Fälle auf meinem Schreibtisch, in denen eine Mörderin in Betracht kommt. Die Orte unterscheiden sich ebenso wie die Mordmethoden. Fünfmal waren Männer die Opfer, zweimal Frauen. Wir entdecken einfach kein verbindendes Element. Deswegen werden sie als Einzeltaten behandelt, was meine Möglichkeiten einschränkt.«

Er legte einen Arm um seine Partnerin. Bei dieser Berührung zuckte sie schreckhaft zusammen.

»Entschuldige«, murmelte er.

Seufzend schmiegte sie sich an ihn. Mark küsste ihre Stirn. Zweifellos liebte er Beate, doch in letzter Zeit wurde ihm immer öfter bewusst, dass sie aus den falschen Gründen zusammengekommen waren. Er hatte sich damals unfassbar schuldig wegen Sebastians Tod gefühlt und versucht, für Beate nach ihrem dreimonatigen Aufenthalt in einer psychiatrischen Klinik eine Stütze zu sein. So waren sie sich nähergekommen. Als sie schließlich die Initiative ergriffen und ihn geküsst hatte, war es ihm richtig erschienen. Unausweichlich. Es gab viele schöne Momente, die er mit Beate teilte. Außerdem genoss er es, ein wichtiger Bestandteil in Anastasias Leben zu sein. Aber manchmal überforderte ihn die Beziehung, denn sie erinnerte ihn an sein größtes berufliches Versagen. Seit der Verhaftung des Familienmörders, der Beates Leben ruiniert hatte, war Mark daran beteiligt gewesen, sechs Mörder zu entlarven. Drei hatten bereits mehrfach zugeschlagen, zwei der Männer entsprechende

Pläne geschmiedet. Seine Vorgesetzten beim BKA schätzten seine Intuition. Er hingegen hatte ständig das Gefühl, größeres Leid verursacht als verhindert zu haben. Würde er diese Sichtweise wohl jemals ablegen können, solange er mit Beate zusammenlebte? Mark bezweifelte es.

»Alles in Ordnung?«, fragte sie.

»Ja«, log er. »Ich bin bloß müde.«

»Kannst du Ana morgen vom Kindergarten abholen?«

»Hast du einen Termin?«

»Der WEISSE RING hat mich gebeten, einer Rentnerin vor Gericht beizustehen, die in einem Taschendiebstahlprozess aussagt.«

Seitdem Beate wegen ihrer dauerhaften Dienstunfähigkeit zwangsverrentet worden war, engagierte sie sich im WEISSEN RING, einem Verein, der Kriminalitätsopfern half. Wenn es ihr Zustand zuließ, arbeitete sie dreimal pro Woche in dem Büro der Bochumer Geschäftsstelle und betreute Betroffene von Straftaten. Gelegentlich begleitete sie diese Opfer zur Polizei, Staatsanwaltschaft und zum Gericht. Dank ihrer Erfahrung als Kriminalkommissarin war sie ein geschätztes Mitglied des Vereins und ihre Hilfe wurde regelmäßig in Anspruch genommen. Mark unterstützte sie dabei so oft wie möglich, indem er sich um Ana kümmerte, da es Beate guttat, eine Aufgabe zu haben, bei der sie ihre Kenntnisse einsetzen konnte.

»Kein Problem. Ich bin sowieso die ganze Zeit am PC, weil ich Handyspeicherkarten auswerten muss. Da werde ich mich über einen kleinen Spaziergang am Nachmittag sicher freuen.«

»Was für Speicherkarten?«, hakte sie nach.

»Zwei Freunde des Hamburger Mordopfers haben mir ihre Karten mitgegeben. Darauf sind Fotos von Partys der letzten Wochen. Vielleicht stoße ich so auf eine Spur.«

4

Die schwarze Acht rollte in Richtung einer der Ecktaschen, berührte links minimal die Bande und fiel klackernd ins Loch.

Mark schnaubte. »Vier zu null für dich. Zeig mal Erbarmen mit einem Anfänger.«

»Du bist kein Anfänger mehr«, korrigierte ihn Beate. »Heute scheint allerdings nicht dein Tag zu sein.«

Sie hatten Beates Billardtisch beim Einzug in die Dachgeschossmaisonettewohnung in einem der oberen Räume aufgebaut und seitdem spielten sie fast jeden Abend einige Partien. Zunächst hatte Mark das Spiel überhaupt nicht beherrscht, mittlerweile war er jedoch meistens ein passabler Gegner.

»Du wirkst unkonzentriert. Woran denkst du?«, fragte sie.

»An diesen Mord in Hamburg.«

»Haben die Handyfotos neue Erkenntnisse gebracht?«

»Ich warte auf einen Rückruf. Viel verspreche ich mir davon aber nicht.«

Gemeinsam holten sie die versenkten Kugeln aus den Taschen. Bevor sie mit der fünften Runde beginnen konnten, klingelte Marks Handy. Das Display zeigte ihm eine Wiesbadener Nummer an.

»Ein Anruf aus der Zentrale.«

Beate blickte zur Wanduhr. »Scheint wichtig zu sein.«

»Entschuldige mich.« Mark verließ den Billardraum und trat in sein daneben liegendes Arbeitszimmer.

»Gruber«, meldete er sich.

»Professor Gruber, Fischer hier. Die von Ihnen übermittelten Fotos sind analysiert.«

»Polizeirat Fischer«, begrüßte Mark den Mann überrascht. Obwohl Fischer sein direkter Vorgesetzter war, hatten sie selten miteinander zu tun. Der Polizeirat war nach einem leichten Herzinfarkt seit zwei Jahren nicht mehr aktiv in Ermittlungen involviert, sondern koordinierte die verschiedenen Einsatzgruppen.

»Wir haben die auf den Bildern zu erkennenden Gesichter durchs System gejagt.« Er seufzte, ehe er fortfuhr. »Bei einem Schnappschuss hat die Gesichtserkennungssoftware einen Treffer gemeldet.«

»Eine Frau?«, mutmaßte Mark, den die Worte seines Chefs zuversichtlich stimmten. Gab es endlich einen Durchbruch?

»Sie vermuten wirklich, dass diese sieben Morde miteinander in Verbindung stehen?«

»Erstens das und zweitens halte ich eine *Täterin* für die plausibelste Möglichkeit.«

»Bei der Frau auf dem Handyfoto handelt es sich um Johanna Jenning.«

Der Name sagte dem Kriminalpsychologen nichts.

»Ich habe mit Johanna zusammengearbeitet. Sie war mir unterstellt und hat vor gut drei Jahren den Dienst quittiert.«

»Weswegen ist sie ausgeschieden?«

»Jenning war unser Lockvogel bei einem nicht optimal verlaufenen Einsatz. Ich sende Ihnen die Akte zu. Aber hängen Sie das nicht an die große Glocke. Es könnte Zufall sein.«

Mark Gruber brummte zustimmend. Doch sein Instinkt sagte ihm, dass es ganz sicher kein Zufall war.

* * *

Alles war vorbereitet. Obwohl es ein Risiko darstellte, wollte Johanna ihren ersten Mord nachahmen. Vielleicht ließen sich ja so die damaligen Gefühle hervorrufen.

Sie legte das Messer unter die Matratze auf den Lattenrost. Danach überprüfte Johanna, ob sie die Waffe problemlos herausziehen konnte. Es klappte tadellos. Zufrieden stand sie wieder auf und musterte den Raum. Würde ihn die geringe Möblierung misstrauisch machen? Wahrscheinlich nicht – und wenn doch, könnte sie es erklären. Aus dem Kleiderschrank holte sie ein passendes Outfit heraus. Es blieb noch genügend Zeit, um sich fertig zu machen. Jetzt würde sie erst einmal ausgiebig duschen.

* * *

Eine knappe Stunde später klingelte es an der Wohnungstür. Gemächlich ging Johanna in die Diele und öffnete dem Besucher. Er trug ein weißes Hemd und eine schwarze Jeans. Dann bemerkte sie einen ungewöhnlichen Gegenstand in seiner rechten Hand.

»Normalerweise bin ich es gewohnt, dass mir Männer Blumen mitbringen«, kicherte sie. »Du scheinst eher praktisch veranlagt zu sein.«

»Oh«, entfuhr es ihm. »Sorry, an Blu…«

Sie unterbrach ihn. »Das war ein Scherz. Komm rein.« Sie führte ihn ins leere Wohnzimmer.

»Wow!«, schmunzelte er. »Du bevorzugst den aufgeräumten Einrichtungsstil.«

»Ich schaffe wegen des Jobs momentan so gut wie nichts«, entschuldigte sie sich. »Jeden Tag Überstunden. Aber immerhin war ich vorgestern in einem Möbelgeschäft und habe ein paar Möbel bestellt. Lieferzeit etwa vier Wochen. Da kannst du das Babyfon einstöpseln.« Johanna deutete auf eine Steckdose neben der Wohnzimmertür.

»Findest du mich deswegen albern?«, wollte er wissen.

»Fürsorglich trifft es besser.«

»Fühlst du dich hier überhaupt schon heimisch?«, fragte Julius, während er das Gerät anschloss.

»Klar«, antwortete sie. »Bei *dem* Nachbarn.« Sie schenkte ihm ein hinreißendes Lächeln und stellte belustigt fest, dass er den Blickkontakt nur Sekundenbruchteile erwiderte, bevor er verlegen zu Boden schaute. »Außerdem ist das Wohnzimmer der einzige Raum, der so trostlos wirkt. Küche und Schlafzimmer sind schon fast wohnlich eingerichtet. Ich habe übrigens eine Kleinigkeit für uns vorbereitet.«

In der Küche verströmten drei Kerzen romantischen Lichtschein. Auf dem Tisch standen eine Platte mit Antipasti, die sie in einem Geschäft besorgt hatte, und ein entkorkter Rotwein.

»Sieht lecker aus«, lobte Julius.

»Ist nicht selbst gemacht«, erklärte sie. »Wenn du die perfekte Hausfrau suchst, bin ich die Falsche.«

»Kochen bekomme ich mittlerweile allein hin. Ist gar nicht so schwierig, wie ich früher vermutet habe.«

»Hat deine Tochter einen tiefen Schlaf?«

»Wie ein Murmeltier. Das Babyfon dient hauptsächlich zur Beruhigung meines schlechten Gewissens.«

»Dann lassen wir es uns schmecken. Schenkst du uns ein?«

Eine halbe Stunde lang wartete Johanna darauf, ob er endlich die Initiative ergreifen würde. Doch offensichtlich war ihr Gast dafür zu unsicher. Also legte sie ihm die Hand auf den Arm und streichelte ihn.

»Möchtest du die Möbel im Schlafzimmer sehen?«

Er nickte stumm. So viel Glück auf einmal schien ihm die Sprache geraubt zu haben. Dabei hatte er einen Gesichtsausdruck, der Bände sprach: Zweifellos war er ihr von Kopf bis Fuß verfallen. Das wirkte wenig attraktiv auf sie. Trotzdem sagte Johanna nichts. Sie wollte ihn nicht vor den Kopf stoßen. Die letzten Augenblicke seines Lebens sollte er genießen.

* * *

Julius bewegte sich in ihr. In einem ruhigen Tempo stieß er zu.

»Du bist der Beste! Oh ja, weiter! Ist das geil!«, flüsterte sie ihm ins Ohr, während sie nach der Stichwaffe tastete.

Von ihr angestachelt, erhöhte er seine Frequenz. Ihre Finger berührten den Messergriff.

»Ahh!«, schrie Julius plötzlich. Sein Gesicht glich einer schmerzverzerrten Maske. Er glitt aus ihr heraus und wälzte sich zur Seite.

»Tut mir leid«, flüsterte er.

»Was ist passiert?« Enttäuscht ließ sie das Messer los.

Seine Erektion fiel völlig in sich zusammen. Er zog das Kondom ab, das er frustriert fortschleuderte. Wieder stöhnte er schmerzerfüllt.

»Kann ich dir irgendwie helfen?«

»In meiner Hemdtasche sind Schmerztabletten. Kannst du mir die bitte bringen? Und Wasser?«

Johanna stieg aus dem Bett. Das Hemd lag nicht weit vom Bett entfernt auf dem Boden. Sie hob es hoch und griff in die Tasche. Überrascht stellte sie fest, dass Julius das gleiche Medikament nahm, auf das sie seit ihrem Skiunfall in der Jugend angewiesen war. Rasch lief sie in die Küche und holte eine Mineralwasserflasche. Als sie ins Schlafzimmer zurückkehrte, entdeckte sie Tränen in seinen Augen.

»Ist es so schlimm?« Sie spürte einen Anflug von Mitgefühl für einen Mann, der inzwischen nicht mehr leben würde, wenn alles nach Plan verlaufen wäre.

»Bestimmt hältst du mich jetzt für einen Versager«, vermutete Julius niedergeschlagen, nachdem er eine Tablette geschluckt und mit Wasser nachgespült hatte.

Johanna drückte ihm einen Kuss auf den Mund, ehe sie ins Badezimmer ging. Dem Spiegelschrank entnahm sie eine Packung Schmerzmittel, mit der sie zu Julius zurückkehrte.

»Wofür brauchst *du* die?«, fragte er verwundert.

Sie erzählte ihm von dem Unfall, wodurch er das erste Mal etwas Wahres aus ihrem Leben erfuhr.

Eine Viertelstunde später saßen sie sich in der Küche gegenüber. Mittlerweile wusste Johanna über seine chronische Rückenerkrankung Bescheid, die ihn dazu zwang, täglich das starke Medikament einzunehmen.

»An üblen Tagen benötige ich drei Stück. Danach bin ich wie weggetreten. Genau das wirft mir meine Ex vor. Deswegen will sie durchsetzen, dass Sarah bei ihr lebt. Trotz ihres Jobs, der sie ständig in Gefahr bringt.« Nachdenklich nippte er am Orangensaft, den er statt des Rotweins trank. »Ich habe Angst«, gestand er. »Falls das Gericht zu ihren Gunsten entscheidet, bin ich ihren Launen ausgeliefert. Meine Anwältin versucht zwar, mich zu beruhigen. Angeblich schützt mich das gemeinsame Sorgerecht. Trotzdem wäre ich abhängig von Katharinas Wohlwollen.«

Innerhalb von wenigen Sekunden traf Johanna eine Entscheidung. Sie stand auf und trat ans Fenster, damit Julius ihr Gesicht nicht sehen konnte.

»Deine Anwältin ist naiv«, stellte sie leise fest. »Mein Ex und ich hatten ebenfalls gemeinsames Sorgerecht. Er bekam wegen meiner Tablettenabhängigkeit das Aufenthaltsbestimmungsrecht zugesprochen. Er entschied natürlich, dass mein Sohn Simon bei ihm leben sollte. Weißt du, wann ich Simon das letzte Mal gesehen habe? Das ist vier Jahre her.«

»Das kann doch gar nicht sein!«, erwiderte Julius entsetzt.

»Leider schon. Der Penner ist mit ihm nach Thailand ausgewandert.«

Julius stand auf und legte vorsichtig einen Arm um sie.

»Du musst aufpassen«, flüsterte Johanna. »Nichts ist schmerzhafter, als sein Kind zu verlieren.«

»Was soll ich denn dagegen machen?«

»Verschwinde mit deiner Tochter. Am besten noch vor der Urteilsverkündung.«

»Nein«, widersprach er. »Ausgeschlossen. Als Polizistin stehen meiner Ex alle Möglichkeiten offen. Sie würde mich jagen und festnehmen lassen.«

Nun drehte sich Johanna um. »Wenn ich die Zeit zurückdrehen könnte, würde ich das Risiko eingehen und mit Simon abhauen.« Ein völlig neuer Plan entstand in ihrem Kopf. »Wann ist euer Gerichtstermin?«

»In acht Tagen.«

Während sie ihn sanft küsste, arbeitete ihr Gehirn auf Hochtouren.

5

Ernst Fischers Büro lag im hinteren Teil des Wiesbadener Hauptgebäudes.

»Schön, dass Sie die Zeit gefunden haben, herzukommen«, begrüßte ihn der Polizeirat. »In einem Vier-Augen-Gespräch lassen sich gewisse Details besser klären.«

Mark Gruber nickte zustimmend. Er zog seine Jacke aus und legte sie über eine Stuhllehne.

»Möchten Sie etwas trinken? Kaffee, Tee, Wasser?«

»Gern ein Wasser.«

»Wir wären mit einer unangenehmen Situation konfrontiert, wenn Sie recht haben.« Fischer schenkte ihm aus einer Karaffe ein Glas ein. »Eine ehemalige BKA-Kommissarin entpuppt sich als Serienmörderin. Die Boulevard-Zeitungen würden das genüsslich ausschlachten.«

»Ich schätze die Folgen nicht so schlimm ein«, widersprach Mark. »Es sind einige Jahre vergangen, seit sie ihren Dienst freiwillig quittiert hat.«

»Man wird uns vorwerfen, die Umstände beim Tod von Winkelmann vertuscht zu haben.«

»Musste sich Jenning damals einer psychologischen Begutachtung unterziehen?«

Betreten blickte Fischer an ihm vorbei auf ein Gemälde, das an der Wand hing. »Es wäre das Standardvorgehen gewesen. Weil sie zu dem Zeitpunkt bereits gekündigt hatte, habe ich mich dagegen ausgesprochen.«

»Warum?«

»Ich hatte Angst vor den Ergebnissen«, gestand er leise.

Verblüfft betrachtete Mark den dienstälteren Beamten. »Hatten Sie damals schon den Verdacht, dass sie den Mörder nicht nur aus Notwehr getötet haben könnte?«

»Nein!«, entgegnete er hastig. »Das nicht. Doch ich glaube, sie hat sich bewusst in eine gefährliche Lage manövriert. Dem Plan zufolge sollte sie zwar mit dem Verdächtigen flirten, ihn jedoch abweisen, um zu sehen, wie er reagiert. Der ganze Undercovereinsatz hätte nach der Kontaktaufnahme mindestens eine Woche dauern sollen.«

»Und stattdessen landet sie gleich bei der ersten Gelegenheit mit ihm im Bett.« Mark war bestens über den Fall informiert. Fischer hatte ihm nach dem Telefonat die Akte per verschlüsselter E-Mail zur Verfügung gestellt.

»Töricht, aus Sicht eines Polizisten. Aber nicht völlig überraschend, wenn ich ihre vorherigen Eskapaden bedenke.«

»Eskapaden?«

Der Polizeirat seufzte unglücklich. »Johanna hat das Risiko gesucht«, erinnerte er sich. »Das hat man schon an der Art gemerkt, wie sie Auto fuhr. Während ihrer aktiven Zeit gab es einen Kollegen, der sich nach einer gemeinsamen Fahrt weigerte, jemals wieder als Beifahrer neben ihr zu sitzen. Zwei Dienstaufsichtsbeschwerden wegen riskanten Fahrstils habe ich ausgebügelt.«

»War sie ein Adrenalinjunkie?«

»Johanna hat Grenzen ausgetestet«, charakterisierte Fischer das Verhalten seiner ehemaligen Mitarbeiterin.

Im Rahmen der Lehrtätigkeit hatte Mark viele Serienmorde wissenschaftlich untersucht. Manche Täter hatten während ihrer Serie immer gewagtere Aktionen unternommen, um erfolgreich ihre abscheulichen Bedürfnisse zu stillen. Einige der Inhaftierten hatten von dem Adrenalinkick berichtet, den jeder Mord ausgelöst hatte. Handelte Jenning aus einem ähnlichen Antrieb?

»Etwa zwei Jahre vor dem besagten Vorfall wurde Jenning übrigens für vier Wochen suspendiert.«

»Weswegen?«

»Wir waren einer Bande auf der Spur, die im gesamten Bundesgebiet Banküberfälle begangen hat. Bei einem der Überfälle starb ein Kunde an einem Herzinfarkt. Durch einen verlässlichen Tipp erfuhren wir irgendwann, in welcher Stadt die Bankräuber am darauffolgenden Tag zuschlagen würden. In unmittelbarer Nähe der Banken, die am ehesten in Frage kamen, wurden BKA-Beamte postiert. Johanna und ihr damaliger Partner waren diejenigen, die vier Vermummte das von ihnen observierte Objekt betreten sahen. Statt auf Verstärkung zu warten, stürmte sie hinterher. Ihr Kollege musste notgedrungen folgen, weil er sie nicht im Stich lassen wollte. Die Sache ging gut aus, obwohl sie in der Unterzahl waren. Aber sie hatte unverhältnismäßig gehandelt – deswegen die Beurlaubung.«

»Kannten Sie ihre Beweggründe?«

»Sie hat sich damit gerechtfertigt, dass sie das Überraschungsmoment ausnutzen wollte«, sagte Fischer, bevor er zu seinem Wasserglas griff und einen Schluck trank.

»Haben Sie das geglaubt?«

In einer hilflosen Geste hob er die Hände auf Brusthöhe. »Sie war stets darauf erpicht, sich mit den Kollegen zu messen, um zu beweisen, dass sie ihnen überlegen war. In dem konkreten Fall hat sie meiner Meinung nach nicht auf Verstärkung gewartet, um die Lorbeeren allein einzuheimsen.«

»Und wegen des Adrenalinkicks«, fasste Mark das Gehörte zusammen.

»Wahrscheinlich.«

»Trauen Sie ihr zu, die Seiten gewechselt zu haben?«

In Fischers Gesicht wurde der Zwiespalt sichtbar, in dem er sich befand. Er verzog seinen Mund, legte die Stirn in Falten, verengte die Augen. Fürchtete er, die Wahrheit würde ihn in einem schlechten Licht dastehen lassen?

»Zeigen Sie mir Ihre Notizen«, bat er Mark schließlich, ohne eine Antwort gegeben zu haben.

»Ich kann es mir nicht vorstellen«, äußerte der Polizeirat eine Viertelstunde später seine Bedenken.

»Wieso nicht?«

»Sie vermuten, dass Johanna nach Herausforderungen sucht.«

»Das scheint mir ein Teil ihrer Motivation zu sein«, bestätigte Mark.

»Worin soll die Herausforderung bestehen, einen Jugendlichen zu töten?«

»Überhaupt an ihn heranzukommen. Sein Vertrauen zu gewinnen.«

»Ich bitte Sie! Johanna ist eine attraktive Frau in den Dreißigern. Für einen jungen Mann bietet eine solche Bekanntschaft völlig neue Erfahrungen. Der wäre ihr willig gefolgt.«

»Er hatte viele Freunde«, entgegnete Mark, »bei denen er regelmäßig mit seinen Eroberungen angegeben hat. Die Schwierigkeit hätte also darin bestanden, ihn zu verführen, ohne dass er vor den Kumpeln damit protzte.«

Der Beamte blätterte in den Unterlagen und sortierte einige der Blätter nach hinten. »Was hat sie an dem vierten Opfer gereizt?«

Mark kannte die Fälle gut genug, um nicht durcheinanderzugeraten. »Pedro war Abteilungsleiter in einer großen Firma. Er wurde während eines zweitägigen Seminars in einem Hotel erwürgt. Für mich klingt das ziemlich herausfordernd. Die Polizei hat damals die Videos der Überwachungskameras beschlagnahmt. Ich habe mir das Material nochmals angesehen. Auf keinem der Bänder konnte ich sie identifizieren. Das ist ein Kunststück.«

»Oder bedeutet, dass Johanna nicht dort war.«

»Problematisch für unsere Ermittlungen war außerdem der extrem schlechte Ruf von Pedro«, fuhr Mark fort, »wodurch sämtliche Seminarteilnehmer der Abteilung in Verdacht gerieten.«

»Dann wird es vielleicht eher einer von denen gewesen sein.«

»Anklage wurde jedenfalls nicht erhoben.«

Noch einmal überflog Fischer die Notizen. »Alle Opfer hatten vor dem Tod Sex?«

»Ja. Eine weitere Herausforderung, da von keinem der Kommissariate Rückstände der DNA des Sexpartners sichergestellt werden konnten.«

»Zu den Toten gehören zwei Frauen.«

»Schließen Sie *deswegen* eine weibliche Täterin aus?«

Sein Gegenüber presste mürrisch die Lippen zusammen und schüttelte den Kopf. »Tut mir leid. Ihre Argumente überzeugen mich nicht. Solange Sie keine schlüssigeren Fakten präsentieren können, stimme ich einer öffentlichen Fahndung nicht zu.«

6

Trotz seiner Bedenken hatte Fischer ihm wenigstens die relevanten Informationen aus der Personalakte von Johanna Jenning besorgt. Von Wiesbaden fuhr Mark zu einem kleinen Ort in den Allgäuern Alpen, wo sie aufgewachsen war und ihre Eltern noch immer lebten. Da er erst abends ankam, nahm er sich ein Zimmer in einer zentral gelegenen Pension. Die freundliche Besitzerin des Gasthauses servierte ihm im Frühstücksraum ein bayrisches Abendbrot, bestehend aus Weißwürsten, Leberkäse, einer Brezel, Krautsalat, süßem Senf und Butter.

»Lassen Sie es sich schmecken«, sagte sie.

»Vielen Dank.«

Heißhungrig machte er sich über die Speisen her und verzehrte alles bis auf den letzten Krümel. Nach dem Frühstück hatte er außer einer halben Tüte Nussmischung den ganzen Tag nichts gegessen.

»Ein Mann mit Appetit«, freute sich die Wirtin, als sie das Geschirr abräumte.

»War ein anstrengender Tag«, erklärte er. »Ich würde Sie gern etwas fragen.« Er holte seinen Dienstausweis hervor, den die Frau überrascht musterte.

»Bundeskriminalamt?«

Mark nickte. »Ich ermittle in einem alten Mordfall. Kennen Sie Johanna Jenning?«

»Die Johanna? Stimmt. Die arbeitet ja auch fürs BKA. Ist sie endlich mal wieder in der Gegend?«

»Sie haben sie also länger nicht zu Gesicht bekommen?«, folgerte er.

»Nein. Für die Eltern ist das nicht schön. Kein Kontakt zu dem eigenen Kind zu haben. Das ist wohl der Nachteil bei einer verdeckten Ermittlerin.«

»Wer hat Ihnen das erzählt?«

»Die Mutter. Durfte sie das nicht?«

»Nein, nein, das ist kein Problem. Ich habe nur aus beruflicher Neugier gefragt.«

Logen die Eltern aus Scham oder schwerwiegenderen Gründen?

* * *

In dem Zimmer, das er für zwei Übernachtungen gebucht hatte, legte er seine Pistole in die Schublade des Nachttisches. Durch die Anstellung beim BKA besaß er nicht automatisch das Recht, eine Waffe zu tragen, da er kein Kriminalbeamter war. Nachdem er jedoch vorletztes Jahr im Rahmen seiner Tätigkeit in eine heikle Situation geraten war, hatte er einen Waffenschein beantragt und erhalten. Seitdem trug er die Pistole stets bei sich, wenn er wegen einer Ermittlung unterwegs war. In Bochum lagerte er sie in einem Waffenschrank. Der Gedanke an zu Hause ließ ihn zum Handy greifen, um Beate mitzuteilen, dass er länger als geplant verreist sein würde.

An ihrer Stimme erkannte er, wie es um sie bestellt war. Er spürte Widerwillen gegen das unausweichliche Problemgespräch. So versuchte er, es zunächst mit Smalltalk zu umschiffen, bis alle Themen aufgebraucht waren.

»Schwieriger Tag heute?«, fragte er schließlich.

»Du bist in letzter Zeit ständig weg«, sagte sie nach kurzem Zögern.

»Ich weiß«, bekannte er. »Das tut mir auch leid. Aber ich halte diese Frau für eine wahnsinnige Serienmörderin – nur glaubt mir niemand. Mein Vorgesetzter verlangt eindeutigere Beweise.« Er schnaubte genervt. »Dabei liegen alle Fakten auf dem Tisch. Fischer hat nur Angst vor möglichen Scherereien, wenn die Wahrheit ans Licht käme.«

»Und das ist der Grund für deine häufigen Dienstreisen?«

»Klar. Was sonst?« Das Telefonat schlug eine Richtung ein, die ihm nicht behagte. Er ahnte, worauf sie hinauswollte. Hatte ihn sein Verhalten in den vergangenen Wochen verraten?

»Wird dir das mit uns zu viel?« Beate sprach so leise, dass er Mühe hatte, sie zu verstehen.

»Wieso glaubst …«

»Ein Leben an meiner Seite ist bestimmt mühsam«, unterbrach sie ihn. »Manchmal begreife ich selbst nicht, weshalb ich kaum Fortschritte mache. Ich möchte dein Leben nicht ruinieren. Es reicht, dass meins verkorkst ist.«

Sie lachte bitter, doch er merkte, wie sehr sie gegen die Tränen ankämpfte. Dann wurde Mark bewusst, welche Chance sie ihm bot. Endlich konnte er über seine Bedenken sprechen, dass sie überstürzt eine Beziehung eingegangen waren.

»Du trägst an all dem keine Schuld«, fügte sie hinzu.

Aber genau das war sein Problem, denn er fühlte sich verantwortlich für Sebastians Ermordung.

»Ich liebe dich«, sagte er. »Es ist wirklich bloß der Job. Falls ich sie nicht aufhalte, tut es keiner.«

»Sicher?«

Warum war er so feige?

»Ganz sicher.«

Nun ließ sie den Tränen freien Lauf. »Oh Gott, bin ich froh. Du kannst dir nicht vorstellen, was du mir bedeutest. Allein würde ich das alles niemals packen«, schluchzte sie.

Während er ihr versicherte, sie zu lieben, haderte er wegen seiner Feigheit mit sich selbst. Natürlich wollte er ihr nicht wehtun, doch wie lange würde es noch gut gehen, wenn er in ihrer Nähe immer Schuldgefühle empfinden würde?

* * *

Ohne sich vorher angemeldet zu haben, stand Mark Gruber am nächsten Vormittag bei Familie Jenning vor der Tür. Johannas Eltern lebten in einem kleinen Fachwerkhaus, an dem die weiße Farbe von der Fassade abblätterte.

Eine ältere Frau öffnete ihm, nachdem er das zweite Mal geklingelt hatte. Obwohl er Johanna Jenning nur von Fotos kannte, fielen ihm sofort die gleich geschnittenen Gesichtszüge auf.

»Sie wünschen?«

»Barbara Jenning?«, vergewisserte er sich trotz der Ähnlichkeit.

Die Frau nickte. »Und Sie sind?«

»Mark Gruber. Ich arbeite beim BKA.«

Erschrocken legte sie eine Hand auf die Brust. »Geht es um Johanna? Ist ihr etwas zugestoßen?«

»Nein«, widersprach er schnell, um sie zu beruhigen. »Dürfte ich reinkommen?«

Das Wohnzimmer war überladen mit bayrischem Kitsch – zumindest empfand er es als gebürtiger Hamburger so. Besonders irritierte Mark der ausgestopfte Hirschkopf, der an der Wand über dem Sofa hing, da dessen Augen ihn anzuglotzen schienen.

»Wir haben seit ihrem Ausscheiden aus dem Polizeidienst nichts mehr von ihr gehört«, sagte Johannas Mutter. Sie hatte einen vorzüglichen Kaffee aufgebrüht, den er genüsslich trank. »Warum sucht das BKA sie?«

»Wegen eines Mordfalls, den sie in ihrer aktiven Zeit federführend aufgeklärt hat«, behauptete Mark. »Der Verteidiger des Schuldigen hat eine Verfahrenswiederaufnahme erreicht. Es wäre gut, wenn Johanna vor Gericht erscheinen würde.«

»Ich vermisse sie. Nicht zu wissen, ob es dem eigenen Kind gut geht, ist schwer.«

»Wieso ist der Kontakt abgebrochen?«

»Unser Verhältnis war nie sonderlich gut«, gestand Barbara Jenning. »Sie hatte nicht gerade eine unbeschwerte Kindheit. Mein Mann und ich haben ein Bestattungsunternehmen geführt. Die Geschäftsräume waren in unserem Haus untergebracht.«

»In diesem?«, fragte Mark überrascht.

»Nein. Hier wohnen wir erst seit sieben Jahren.« Sie stand auf, trat an einen Schrank und holte eine Packung Kekse heraus. Fahrig öffnete sie die Folie, knüllte sie zusammen und steckte sie in die Hosentasche. Bevor sie Mark die Schachtel hinhielt, hatte sie sich bereits einen der kleinen Schokoladenkekse in den Mund geschoben. »Bedienen Sie sich.«

Um nicht unhöflich zu wirken, griff er trotz fehlendem Appetit zu.

»In einem Umfeld aufzuwachsen, in dem der Tod allgegenwärtig ist, wirkt sich stark auf das Leben eines Kindes aus«, erklärte sie. »Wir waren sehr streng. Johanna durfte nicht laut herumtoben, weil es jederzeit möglich war, dass sich Angehörige eines Verstorbenen im Haus aufhielten. Freunde besuchten sie nie, sie fanden es zu unheimlich. Das hat sie uns nicht verziehen.«

»Hatte Ihre Tochter direkten Kontakt zu den Toten?«

»Manchmal ließ mein Mann sie bei der Arbeit zusehen. Sie war von der kosmetischen Behandlung fasziniert.«

Schade, dachte Mark. Wäre eines der Opfer postmortal geschminkt worden, hätte er nun den auslösenden Faktor gefunden. »War sie gelegentlich allein mit den Leichen?«

Barbara Jenning antwortete zögerlich. »In ihrer Teenagerzeit gab es ein Vorkommnis«, gestand sie matt. Sie nahm einen weiteren Keks aus der Packung.

»Vorkommnis welcher Art?«, bohrte Mark ungeduldig nach.

Beschämt senkte die Mutter den Kopf. »Als Siebzehnjährige schleuste sie heimlich einen Jungen in den Aufbewahrungsraum. Mein Mann hat sie erwischt«, sagte sie leise. »Die beiden haben es …« Sie hielt inne, dann räusperte sie sich. »Sie hatten Sex, in Anwesenheit einer Leiche. Josef hat Johanna fürchterlich verdroschen. Anschließend bekam sie zwei Wochen Stubenarrest.«

Seine Gedanken überschlugen sich. Hatte der Tod schon früh eine morbide Faszination auf sie ausgeübt, die durch die Tätigkeit bei der Polizei verstärkt worden war? Welche Bedeutung hatte es für sie gehabt, ertappt worden zu sein? Hatte sie sich danach geschworen, es niemals wieder so weit kommen zu lassen?

»Aber wieso erzähle ich Ihnen das eigentlich? Es hilft Ihnen ja nicht dabei, Johanna wiederzufinden.«

»Stimmt«, erwiderte er achselzuckend. »Es sei denn, Sie könnten sich an den Namen des jungen Mannes erinnern. Vielleicht hat er noch Verbindung zu ihr.«

»Nein. Das war niemand aus Johannas engem Freundeskreis«, erklärte sie bedauernd.

»Ist einer ihrer Freunde im Ort wohnen geblieben?«

»Die meisten Jugendlichen sind fortgezogen. Probieren könnten Sie es in der Backstube auf der Hauptstraße. Gleich am Ortseingang. Da arbeitet die Frida. Eine ehemalige Schulfreundin.«

* * *

Mark hatte Glück, da er Frida bei einer Zigarettenpause antraf. Vor dem Laden identifizierte er sie anhand ihres Namensschildes.

»Barbara Jenning hat mich an Sie verwiesen. Ich würde gern mit Ihnen über Johanna sprechen«, erläuterte er.

»Ist ihr etwas zugestoßen?«, fragte die Frau, die ein langärmeliges Shirt mit aufgedrucktem Namen der Bäckerei trug, erschrocken.

»Genauso hat die Mutter reagiert. Warum erwarten das alle?«

»Ich weiß nicht, ob sie sich im Vergleich zu früher verändert hat. Immerhin habe ich sie seit bestimmt zehn Jahren nicht mehr gesehen. Doch in ihrer Jugend war sie extrem draufgängerisch.« Sie zog an der Zigarette, strich sich mit der anderen Hand durchs blond gefärbte Haar und starrte an ihm vorbei, als blickte sie zurück in jene weit entfernte Zeit.

»Haben Sie Beispiele dafür?«

Sie nickte. »Wussten Sie, dass Johanna eine ausgezeichnete Skirennfahrerin war? Sie hat sich in halsbrecherischem Tempo die schwierigsten Abfahrten hinuntergewagt und auch ein paar Amateurrennen gewonnen. Sie wollte immer besser sein als die Konkurrenz. Bis sie schwer gestürzt ist. Wahrscheinlich, weil sie zu viel riskiert hat.«

Mark schaute sich um. Der Ort lag in einem Tal der Alpen, umgeben von einigen stattlichen Bergen. »In einer Gegend wie dieser wohl nichts Ungewöhnliches, oder?«

»Nein«, stimmte sie ihm zu. »Sie werden kaum einen skibegeisterten Teenager finden, der nicht mindestens einen haarsträubenden Sturz erlebt hat. Die meisten lernen allerdings aus ihren Fehlern. Johanna ging anschließend noch höhere Risiken ein. Außerdem hatte sie ein ganz besonderes Talent, andere herauszufordern. Sie zu waghalsigen Aktionen zu überreden.«

Interessiert trat er einen Schritt näher. »Erzählen Sie mir davon!« Er spürte, dass Johanna und Frida eine gemeinsame Geschichte verband.

Frida drückte die Zigarette aus. Dann blickte sie durchs Schaufenster ins Innere der Bäckerei, als müsste sie sich vergewissern, unbeobachtet zu sein. Schließlich schob sie den rechten Ärmel ihres Shirts bis zum Ellbogen nach oben. Mark entdeckte vom Handgelenk ausgehend eine vernarbte Fläche, die sich über den ganzen Unterarm zog und sich auch über den Ärmelrand hinaus noch fortzusetzen schien.

»Bahnsurfen«, meinte sie kopfschüttelnd. »Sie hat mich dazu überredet. Wir sind auf Waggons geklettert und von einem Bahnhof zum nächsten gefahren. Wie dämlich ich war! Ein paar Mal ist es gut gegangen. Doch irgendwann streifte ich mit dem Arm die Hochspannungsleitung. Alles in allem hatte ich wahnsinniges Glück. Ich hätte tot sein können.«

Mark nickte zustimmend. In seinem Kopf vervollständigte sich das Bild von Johanna Jenning.

7

»Ich habe Angst vor Sarahs Reaktion«, stellte Julius fest. »Sie wird ihre Mutter vermissen. Ständig nach ihr fragen.«

Der Wecker hatte schon eine halbe Stunde zuvor geklingelt, trotzdem machten sie keine Anstalten, aufzustehen. Das Schlafzimmer lag im Halbdunkel, durch das offen stehende Fenster hörten sie Regentropfen, die gegen den Rollladen prasselten.

»Deine Tochter ist erst fünf«, entgegnete Johanna. »Wir können behaupten, dass ihre Mutter nichts mehr mit ihr zu tun haben will. In zwei bis drei Jahren hat sie Katharina vergessen. Ich werde mich um deine Kleine kümmern, als wäre sie mein eigenes Kind. Das verspreche ich. Wir fangen als Familie ganz neu an. Weit weg von allem hier.«

Julius schaute sie an. Johanna bemerkte Zweifel in seinen Augen. Seit einer Woche manipulierte sie ihn und war zuletzt zuversichtlich gewesen, dass er ihre Pläne wie eine Marionette ausführen würde. Hatte sie sich etwa in seiner Entschlossenheit geirrt? Waren ihre mühsamen Vorbereitungen umsonst gewesen?

»Sie wird uns mit dem ganzen Polizeiapparat im Rücken verfolgen.«

»Nein«, widersprach Johanna. »Ich habe das genau durchdacht. Dafür hat die Polizei überhaupt keine Kapazitäten. Die Sache wird rasch im Sande verlaufen.«

»Kann ich ihr das wirklich antun? Gibt es etwas Schrecklicheres …«

Sie unterbrach ihn, indem sie ihm eine Hand auf den Mund legte. »Was tut sie dir denn an? Sie benutzt deine Krankheit, um den Richter zu beeinflussen. Und ich bin mir sicher: Das ist bloß der erste Schritt. Du wirst den gleichen Schmerz erleben wie ich. Keinen Kontakt mehr zu meinem Sohn zu haben, bricht mir jeden Tag das Herz.« Um ihren Worten Nachdruck zu verleihen, presste sie die Lippen aufeinander und schloss die Augen. Es dauerte nur einen winzigen Moment, bis er ihr Gesicht zärtlich streichelte.

»Letztlich liegt die Entscheidung bei dir«, sagte sie leise. »Falls du nicht mit mir zusammenleben willst, muss ich das wohl akzeptieren.«

»Was redest du da? Klar will ich mit dir zusammenleben.«

Nun öffnete sie die Augen und starrte ihn eindringlich an. »Dann lass es uns durchziehen«, beschwor sie ihn. »Sonst werden eure Streitigkeiten immer zwischen uns stehen. Dafür bin ich psychisch zu labil. Das würde ich nicht ertragen.«

Er hielt ihrem Blick für eine Weile stand, ehe er an ihr vorbeisah.

»Ich kann das nicht«, flüsterte er. »Katharina würde mich fertigmachen. Außerdem will ich ihr das trotz allem nicht antun.«

Am liebsten hätte sie seinen Kopf gepackt und ihn mit Wucht gegen die Wand gerammt. Der Plan, dass Julius ganz plötzlich mit Sarah verschwände, war perfekt gewesen. Irgendwann hätte sie ihn getötet und angefangen, der Polizeibeamtin Nachrichten zu senden. Zunächst den rechten Ringfinger des Exmannes. So hätte sie Katharina auf die richtige Spur gebracht. Mit ihr gespielt, um sie am Ende hinzurichten.

Stattdessen musste sie nun dringend einen Ersatzplan aus dem Hut zaubern.

Abrupt stand sie auf und zog ihre Kleidung an.

Julius fuhr aus dem Bett hoch. »Was machst du?«, wollte er wissen.

»Ich muss in Ruhe nachdenken.«

»Worüber?«

»Über uns.«

Bevor er reagieren konnte, stürmte sie aus der Wohnung.

8

Aufgewühlt schaute Katharina den beiden hinterher, bis die Haustür zufiel. Warum bloß endete mittlerweile jede ihrer Begegnungen im Streit? Sie konnte nur hoffen, dass sich die Situation nach dem entscheidenden Gerichtstermin entspannen würde.

Während sie ihre Wohnungstür schloss, dachte die Kommissarin an seinen verletzten Gesichtsausdruck, als sie Julius vorhin von dem neuen Mann in ihrem Leben erzählt hatte. Das dabei empfundene Triumphgefühl war inzwischen einem schlechten Gewissen gewichen. Betrübt ging sie zurück ins Wohnzimmer. Vielleicht würde sie ihn nachher anrufen und sich wegen dieser unnötigen Provokation entschuldigen.

Neben dem Fernsehsessel entdeckte sie den kleinen, rosafarbenen Rucksack ihrer Tochter, aus dem zwei hellbraune Schlappohren heraushingen.

»Oh nein!«

Sarah hatte ihr Lieblingskuscheltier vergessen.

Schnell griff sich Katharina den Rucksack, stopfte anschließend ihren Schlüsselbund in die Hosentasche und rannte nach draußen.

Peitschender Regen schlug ihr ins Gesicht, nachdem sie vor die Tür getreten war. Suchend blickte sie sich um und sah, wie

Julius etwa fünfzig Meter entfernt mühsam in seinen Wagen stieg.

»Julius! Warte!«, schrie sie.

Er schien etwas gehört zu haben, denn er hielt inne und blickte über die Schulter. Katharina schwenkte den Rucksack, dann erreichte sie das Fahrzeug.

»Mami!«, erklang Sarahs Stimme.

»Schnupsi, du hast Bobo liegen lassen.«

»Danke!«

Katharinas Herz wurde schwer, als sie die traurige Miene ihrer Tochter sah. Sie schwor sich, dass die Streitigkeiten bald ein Ende haben würden.

Da Katharina sowieso schon total durchnässt war, blieb sie noch eine Weile im Regen stehen, bis das Auto losgefahren war.

Kurz bevor es in der Dunkelheit verschwand, drehte sich Sarah um und lächelte ihrer Mutter zu.

* * *

Kaum war Julius auf die Hauptverkehrsstraße abgebogen, klingelte sein Handy.

»Ruft Mami an?«, fragte Sarah.

»Julius Rosenberg«, meldete er sich.

»Hi! Ich bin's.«

»Sabine!«, reagierte er erfreut.

»Bist du unterwegs nach Hause?«

»Ja. In einer Viertelstunde sind wir da.«

»Könnten wir uns auf einen Kaffee beim Burger King treffen? Ich würde gern mit dir reden.«

»Du könntest zu uns runterkommen«, bot er stattdessen an.

»Ein neutraler Ort wäre mir lieber.«

Die Hoffnung, die ihr Anruf in ihm geweckt hatte, verpuffte wieder. »Okay. Wir sind in fünf Minuten da. Schaffst du das?« Vielleicht konnte er sie ja doch noch davon überzeugen, dass er die richtige Entscheidung getroffen hatte.

»Ich bin bereits da. Willst du einen Kaffee oder einen Softdrink? Dann bestelle ich die Getränke schon mal.«

»Kaffee klingt gut. Bis gleich.«

»Für die Kleine einen O-Saft?«

»Ja, gerne.«

* * *

Zwanzig Minuten später prasselte kalter Regen auf ihn herab, den er überhaupt nicht wahrnahm. Verzweifelt schaute er in Sabines Augen. Aber er las darin nur absolute Entschlossenheit.

Das durfte alles nicht wahr sein!

Mit zittrigen Beinen stieg er ins Auto. Er startete den Motor, Tränen liefen ihm die Wangen hinab. Julius fuhr an und würgte den Wagen ab.

»Bitte, Gott«, flehte er leise, »lass mich aus diesem Albtraum erwachen!«

Aber Gott schien an diesem regnerischen Abend anderweitig beschäftigt zu sein.

Diesmal gab er zu viel Gas, der Motor heulte auf. Im Schritttempo rollte er bis zur Ausfahrt, wo er kurz abbremste. Er spürte Schwindel und ein seltsames Ziehen im Magen.

Sie war direkt hinter ihm. Per Schulterblick überzeugte er sich, dass die Straße frei war. Rasch beschleunigte er. Wenn er nicht über die Konsequenzen nachdachte, würde es ihm vielleicht leichter fallen.

Allerdings war es unmöglich, den Kopf auszuschalten. Erinnerungsfetzen tauchten auf und verschwanden genauso schnell. Er klammerte sich an die Aussicht, keine Rückenschmerzen mehr ertragen zu müssen. Außerdem tat er das seiner Tochter zuliebe. Sie würde nie wieder unter den Streitigkeiten der Eltern leiden müssen.

Als das erste Warnschild auftauchte, betätigte er die Bremse. Sollte er Katharina trotz allem eine Nachricht schicken? Nein!, beschloss er. Julius nahm den Fuß von der Bremse und visierte die Leitplanke an. Während er sie durchbrach, schloss er die Augen. Die Schwerkraft riss das Fahrzeug nach unten, der plötzliche Ruck verursachte einen letzten schmerzhaften Stich in seinem lädierten Rücken, bevor das Auto auf dem felsigen Grund aufschlug.

* * *

Überrascht blickte Katharina zur Wanduhr. Wer klingelte zu so später Stunde? Vielleicht ihre alte Nachbarin, die gelegentlich Hilfe benötigte? Sie öffnete die Wohnungstür, vor der niemand stand. Also drückte sie den Türöffner. Mit zwei Streifenpolizisten, die die Treppe heraufkamen, hatte sie nicht gerechnet. Ihr Auftauchen wirkte wie ein Schlag in die Magengrube.

»Frau Rosenberg?«

Katharina nickte stumm.

»Dürfen wir reinkommen?«

»Sarah?«, fragte sie entsetzt.

»Es hat einen Verkehrsunfall gegeben«, sagte einer der Männer.

Ihr wurde schwindelig, sie schrie den Schmerz heraus, sackte zu Boden. Einer der Beamten griff nach ihr, um sie festzuhalten, doch sie schlug seinen Arm fort.

»Sarah!«, keuchte sie. »Sarah! Nein!«

Katharinas Welt brach zusammen.

Teil 2

Gegenwart
(Achtzehn Monate später)

9

Pünktlich um halb sieben Uhr klingelte es an der Wohnungstür. Zuverlässigkeit gehörte zu seinen zahlreichen Pluspunkten. Katharina Rosenberg warf einen kritischen Blick in den Spiegel. Heute zähmte sie das schulterlange, schwarze Haar wieder mit dem dunkelblauen Piratentuch, für das er ihr letzte Woche ein Kompliment gemacht hatte. Unter dem gelben Laufshirt zeichneten sich ihre Bauchmuskeln ab. Das intensive Trainingsprogramm, das sie zusammen mit Daniel Schult seit zwei Monaten absolvierte, hatte ihre wenigen Fettpölsterchen wegschmelzen lassen. So gut in Form war sie schon lange nicht gewesen, zumal sie inzwischen seit siebenundfünfzig Tagen Nichtraucherin war.

Erneut ertönte die Klingel. Katharina ging zur Gegensprechanlage, neben der ein Foto ihrer Tochter hing. Die Augen auf das Bild gerichtet, sprach sie in den Hörer: »Ist da jemand ungeduldig?«

»Übernächsten Sonntag ist es so weit«, erwiderte ihr Kollege. »Beim Köln-Marathon landen wir durch Rumtrödeln bestimmt nicht weit vorn. Die Fußnägel kannst du auch nachher lackieren.«

»Bin ja schon fertig.«

Bevor sie die Tür öffnete, schaute sie noch einmal auf das Bild.

»Hab dich lieb«, flüsterte sie. Dies war ihr Abschiedsritual geworden, das sie jedes Mal vollzog, wenn sie die Wohnung verließ.

»Na endlich«, begrüßte er sie, als sie aus dem Haus trat. Seine Stimme klang unfreundlich, doch in seinen Augen lag ein Glitzern, das seine wahre Stimmungslage verriet. Daniel freute sich auf ihre gemeinsame Trainingsrunde vor der Arbeit genauso wie sie selbst.

Katharina tätschelte ihm den flachen Bauch. »Hast du gestern Chips gegessen?«

Beleidigt boxte er ihr gegen den Oberarm. »Schlange! Wegen des Wettbewerbs ernähre ich mich total bewusst. Das weißt du genau.«

Um ihm keinerlei Hinweis zu geben, wie oft der Anblick seines durchtrainierten Körpers Gegenstand ihrer Fantasie war, lief sie ohne Vorwarnung los. Nach der Sache mit Moll und einem weiteren Fiasko hätte Katharina es nicht für möglich gehalten, dass sie das angenehme Bauchkribbeln so kurz darauf wieder spüren würde. Das war schön – trotzdem hatte sie sich fest vorgenommen, es diesmal langsam angehen zu lassen.

»Trägst du das hübsche Kopftuch für mich?«, fragte er.

Hitze schoss ihr ins Gesicht, die nicht von der sportlichen Anstrengung herrührte.

»Träumer!«

War sie wirklich so leicht zu durchschauen?

* * *

Alexander parkte den Wagen in der Tiefgarage des Hotels und blickte auf die Uhr. Die etwa fünfzig Kilometer lange Fahrt hierher hatte weniger Zeit in Anspruch genommen als erwartet, was ihm wie ein gutes Omen für den restlichen Vormittag vorkam.

Jedes Treffen mit Hannah war eine Flucht aus dem Alltag, der momentan alles andere als einfach war: Die Führung des kleinen Unternehmens, das er und Felix gegründet hatten, gestaltete sich immer schwieriger, da sein Geschäftspartner mittlerweile eigenständige Ziele verfolgte. Im Privatleben wurde es von Monat zu Monat klarer, dass seine voreilig eingegangene Ehe ein Fehler gewesen war. Er liebte Marie, trotzdem hätten sie ihren Gefühlen mehr Raum geben müssen, sie erst einmal wachsen lassen sollen, statt überhastet vor den Standesbeamten zu treten.

Ein aufblinkendes Fernlicht riss ihn aus seinen Gedanken. Alexander schaute in den Rückspiegel und lächelte, als ein roter Kleinwagen neben ihm anhielt.

Durch die geschlossenen Scheiben der Fahrzeuge warf ihm Hannah eine Kusshand zu. Er mochte ihre Impulsivität, die gemischt mit einer Prise Wildheit und einer leicht devoten Art dafür sorgten, dass ihre Begegnungen stets etwas Besonderes blieben. Obwohl sie seit nunmehr drei Monaten einmal wöchentlich stattfanden.

Auf dem Rückweg nach Hause fragte er sich inzwischen jedes Mal, ob er in Hannah verliebt war und was das für seine Ehe bedeuten würde. Doch eine endgültige Antwort darauf hatte er noch nicht gefunden.

Rasch stieg er aus und eilte zu ihrem Wagen, um ihr die Tür zu öffnen.

»Du bist so galant«, seufzte sie. Die schulterlangen, brünetten Haare trug sie zu einem strengen Dutt gebunden; ein hellroter Lippenstift und ein Hauch Rouge erschienen ihm wie Hinweise, welches Rollenspiel sie heute vorbereitet hatte. Die übrigen Utensilien befanden sich bestimmt in dem schwarzen Rucksack.

Er drückte die Tür zu, bevor er Hannah gegen das Auto presste. Sechs Tage hatten sie sich nicht gesehen und nur wenige SMS geschickt – ein Zeitraum, der ihm wesentlich länger vorgekommen war. Ihre Lippen verschmolzen miteinander, seine Hände glitten an ihrem Körper entlang.

»Galant und furchtbar erregt«, stellte sie schließlich belustigt fest.

»Du hast mir so gefehlt«, murmelte Alexander.

»Möchtest du das Frühstück ausfallen lassen?«

»Als würde ich eines unserer lieb gewonnenen Rituale streichen.« Die Treffen bestanden nicht bloß aus unvergleichlichen Sexabenteuern, sondern gaben ihnen Gelegenheit, ihre Sorgen mit einem verständnisvollen Gesprächspartner zu teilen.

Das Café, das direkt gegenüber dem Hotel lag, bot ein reichhaltiges Frühstücksbuffet. Sie setzten sich in eine freie Ecke. Ein Kellner brachte ihnen zwei Gläser Orangensaft und wünschte ihnen guten Appetit.

»Wie war die Woche mit deinem Mann?«, fragte Alexander, nachdem sie angestoßen hatten.

»Erstaunlich ruhig. Wir haben nicht viel geredet und gar nicht gestritten.«

»Ist das für dich besser zu ertragen als die Streitigkeiten davor?«

»Keine Ahnung. Ich fürchte, es war die Ruhe vor dem Sturm.«

»Wieso?«

Hannah kniff den Mund zusammen und zuckte gleichzeitig mit den Achseln. »Ist so ein blödes Gefühl, das ich momentan habe. Na ja. Wahrscheinlich weibliche Hysterie.« Sie lachte kurz.

Er streichelte ihren Handrücken, und diese zärtliche Berührung sorgte dafür, dass sie sich sichtlich entspannte. Offensichtlich stand sie unter großem emotionalen Druck.

»Meinst du, er hat unseretwegen Verdacht geschöpft?«

»Nein! Ausgeschlossen! Der würde mich umbringen, wenn er das wüsste«, antwortete sie hektisch.

Alexander spürte, dass er das Thema wechseln sollte, um nicht die Stimmung zu verderben.

»Felix hat für heute Nachmittag ein Treffen mit zwei potenziellen Käufern anberaumt.«

»Hast du deine Meinung wegen des Verkaufs geändert?«, wunderte sich Hannah.

»Auf keinen Fall. Ich verscherble die Firma nicht. Fünf Apps stehen kurz vor der Markteinführung und ich bin mir sicher, alle Anwendungen werden positiv von den Kunden aufgenommen. Der Termin ist die reinste Zeitverschwendung.«

»Warum sagst du ihn nicht ab?«

»Ich will den Interessenten lieber im persönlichen Gespräch klarmachen, wie wenig mich das Angebot reizt. Vielleicht springen sie dann ab und Felix konzentriert sich wieder auf seine eigentlichen Aufgaben.«

* * *

Hannah trat aus dem Badezimmer der geräumigen Suite, die Alexander vorab gebucht hatte. Wie er es aufgrund des Dutts und ihrer Make-up-Variante vermutet hatte, trug sie nun ein klischeehaftes Sekretärinnen-Outfit: eine schlichte weiße Bluse kombiniert mit einem schwarzen Minirock, halterlosen Strümpfen und High Heels. Sogar eine Brille und eine Perlenkette gehörten zu ihrer Aufmachung.

Elegant schritt sie zum Schreibtisch, der in der Zimmerecke stand, und setzte sich mit züchtig übereinandergeschlagenen Beinen darauf.

»Ich habe leider meinen Diktierblock vergessen«, sagte Hannah unterwürfig.

»Das passiert Ihnen nicht das erste Mal.«

Alexander folgte ihr. Er legte die Finger der rechten Hand auf ihren Oberschenkel und kniff fest hinein. Seine Geliebte sog erregt die Luft ein.

* * *

Völlig erschöpft rollte Alexander von ihr herunter. Er zog das Kondom ab, das er achtlos auf den Teppichboden fallen ließ.

»Das war wieder so unfassbar schön«, flüsterte er zufrieden.

Er breitete den linken Arm aus, damit sich Hannah an ihn kuscheln konnte. Zärtlich streichelte sie seine Brust.

»Was für Gefühle du in mir auslöst. Das habe ich nie zuvor erlebt. Irre!«

Bevor er etwas erwidern konnte, klingelte sein Handy.

»Das ist bestimmt Felix«, murmelte er.

»Willst du drangehen?«

»Wenn es wichtig ist, wird er mir eine Nachricht hinterlassen.«

Nach dreißig Sekunden brach der Klingelton ab. Alexander schloss die Augen und genoss diesen Moment des vollkommenen Wohlbehagens. Nichts tat ihm so gut wie diese Treffen.

Sie lagen noch eine Weile zusammen, ehe Hannah aufstand, um ins Bad zu gehen. Nicht, ohne ihm noch einen Kuss auf die Wange zu drücken. Schläfrig erhob er sich, schwang die Beine aus dem Bett und schlurfte gähnend zum Schreibtisch, wo sein Smartphone lag. Er griff danach und entsperrte den Bildschirm mit einer Zahlenkombination. Bei dem Anrufer hatte es sich offensichtlich nicht um Felix gehandelt. Da ihm die Nummer nichts sagte und auch keine Mailboxnachricht eingegangen war, beschloss er, den verpassten Anruf zu ignorieren. Wahrscheinlich hatte sich jemand verwählt.

Als Hannah das Zimmer wieder betrat, spürte er beim Anblick ihres nackten Körpers eine neue Welle der Erregung.

»Wer hat dich angerufen?«

»Keine Ahnung. Die Nummer kenne ich nicht.«

Er wollte das Handy zurücklegen, als sie es an sich nahm.

»Wartet deine Zweitaffäre auf einen Rückruf?«, fragte sie neckisch.

»Du könntest ja unter der Dusche die verbliebenen Reste meiner Manneskraft aussaugen, damit die Arme keinen Spaß mit mir hat.«

»Oh Gott«, stieß sie entsetzt hervor.

»Was ist?«

»Das ist die Handynummer meines Mannes.« Schockiert starrte sie ihn an. »Was hat das zu bedeuten?«

In diesem Augenblick ertönte der Klingelton erneut. Seine Geliebte zuckte zusammen und ließ das Telefon beinahe fallen. Er packte ihre Hand, hielt sie fest.

»Das ist er schon wieder!« In ihrer Stimme schwang nackte Angst mit.

»Bist du sicher?«

»Sieh selbst!«

Als wenn es explosiv wäre, reichte sie ihm zitternd das Handy.

10

Zögerlich nahm Alexander das Handy entgegen. Tatsächlich handelte es sich um die gleiche Rufnummer wie wenige Minuten zuvor.

»Ich kann da nicht drangehen«, stellte er fest.

»Du musst«, erwiderte sie.

»Und was soll ich ihm sagen?«

»Lass dir etwas einfallen. Wir müssen herausbekommen, woher er deine Nummer hat.«

»Hatte er Zugriff auf dein Telefon?«

»Nein. Ausgeschlossen. Ich schütze es mit einem ihm unbekannten Entsperrmuster.«

Der Klingelton brach ab.

»Was ist jetzt?«, fragte Hannah.

»Ich habe zu lange gewartet. Der Anruf wird automatisch zur Mailbox umgeleitet.«

»Scheiße!«, fluchte sie. In einer verzweifelten Geste fuhr sie sich mit den Händen durch die Haare. Den Dutt hatte sie gelöst, nachdem Alexander das bei ihrem Rollenspiel gefordert hatte. »Wir sind aufgeflogen.«

»Das wissen wir nicht«, entgegnete er. »Vielleicht überprüft er gerade eure Festnetzrechnung und ist auf eine Rufnummer gestoßen, die er nicht kennt.«

»Nein! Ich melde mich immer nur per Handy bei dir. Und überhaupt. Wann telefonieren wir mal?«

Ehe er antworten konnte, klingelte das Telefon erneut. Alexander zuckte zusammen.

»Ist er es wieder?«, kreischte Hannah hysterisch.

»Ja.«

Alexander atmete tief ein, bevor er das Gespräch entgegennahm.

»Risse«, meldete er sich.

»Wurde auch Zeit«, meinte eine harsch klingende Stimme. »Warst du etwa damit beschäftigt, meine Frau zu ficken?«

»Wer ist da?«

Der Gesprächspartner lachte kurz. »Jetzt tu nicht so scheinheilig! Aber okay. Meinetwegen stelle ich mich gerne vor. Ich bin Konstantin Burmeister, der Ehemann von Hannah, die jetzt gerade ganz nahe bei dir ist. Vor zwei Jahren hat sie mir ewige Treue geschworen. Offensichtlich hat *ewig* eine andere Bedeutung für sie als für mich.«

Hannah sah Alexander verängstigt an. Er wandte sich ab, setzte sich an den Schreibtisch und starrte auf die gemaserte Holzfläche. »Entschuldigen Sie. Ich habe keine Ahnung, wovon Sie sprechen. Ich kenne …«

»Verarsch mich nicht!«, schrie der Mann. »Sonst wird es deiner Frau Marie schlecht bekommen!«

Die Drohung erschreckte Alexander zutiefst. Trotz all seiner Gedanken, ob sie zu schnell geheiratet hatten, wäre es eine Katastrophe für ihn, wenn seiner Frau etwas zustoßen würde. »Lassen Sie Marie aus dem Spiel!« Leugnen machte keinen Sinn mehr. Er und Hannah waren aufgeflogen – nun musste er diese unangenehme Situation irgendwie klären.

»Habe ich endlich deine Aufmerksamkeit?«

»Die haben Sie.«

»Gut. Allerdings kann ich die süße Marie nicht aus dem Spiel lassen, denn wir stecken bereits mittendrin.«

»Worin?«, hakte Alexander ängstlich nach.

»Da fragst du noch? Darin, was dir dein Schwanz einge-brockt hat und was deine hübsche Frau ausbaden muss.«

»Haben Sie ihr etwas angetan?« Seine Stimme überschlug sich.

»Nichts im Vergleich zu dem, was ich ihr antun werde, falls du meine Forderungen nicht erfüllst.«

»Das können Sie …«

»Halt dein verdammtes Maul, bevor ich es dir mit deinen Eiern stopfe!«, schrie Hannahs Ehemann.

Hannah hatte diese explosionsartigen Wutausbrüche erwähnt; Alexander hätte jedoch gern darauf verzichtet, einen von ihnen live zu erleben.

»Du vögelst, was mir gehört, und ich bin kein Weichei, das sich so etwas gefallen lässt.« Er klang jetzt wieder völlig ruhig. »Also habe ich deine Gattin in meine Gewalt gebracht.«

»Hören Sie!«, keuchte Alexander. »Wir können über alles reden. Doch Marie hat hiermit …«

»Ich werde sie töten, wenn du jetzt nicht still bist und mir genau zuhörst. Du hast achtundvierzig Stunden Zeit, um sie zu finden. Versagst du dabei, werde ich ihr die Kehle durchschneiden und sie qualvoll verbluten lassen. Außerdem musst du die räumliche Distanz zwischen dir und deiner Frau nach zwölf Stunden um fünfundzwanzig und nach sechsunddreißig Stunden um fünfzig Prozent reduziert haben. Gelingt dir das nicht, werde ich euch jedes Mal bestrafen. Du machst dich gemeinsam mit Hannah auf die Suche nach mir und Marie, wenn du nicht willst, dass deine Frau stirbt. Und komm ja nicht auf die Idee, die Polizei einzu-schalten. Damit würdest du Maries Todesurteil unterzeichnen.«

Kaum hatte er die Drohung ausgesprochen, beendete er abrupt das Gespräch.

»Hallo? Sind Sie noch dran?«, rief Alexander in die stille Leitung.

»Das darf nicht wahr sein«, flüsterte er, nachdem er das Handy wie einen vergifteten Gegenstand auf die Schreibtischplatte gelegt hatte.

»Was ist los?«, wollte Hannah wissen.

»Dein Mann ist ein gemeingefährlicher Irrer!«

»Was hat er gesagt?«

In knappen Worten fasste er das Telefonat zusammen. Als er zu der Morddrohung kam, schlug sich Hannah entsetzt die Hand vor den Mund.

»Du kennst ihn. Meint er das ernst?« Statt ihre Antwort abzuwarten, griff Alexander hektisch zu seinem Smartphone. Eventuell war das bloß ein hinterhältiger Trick. Sich an diese Hoffnung klammernd, wählte er Maries Handynummer.

»Wen rufst du an?«

»Ich versuche, meine Frau zu erreichen. Vielleicht spielt er nur ein mieses Spielchen.«

Das Freizeichen erklang. Ungeduldig trommelte er mit den Fingern auf die Holzplatte. »Bitte lass das ein Scherz sein«, raunte Alexander, während er darauf wartete, dass sich Marie meldete. Stattdessen wurde der Anruf zur Mailbox umgeleitet. »Schatz, ruf mich bitte an, sobald du diese Nachricht abhörst. Ich muss etwas wegen des Wochenendes klären.« Er unterbrach die Verbindung und versuchte es als Nächstes unter der gemeinsamen Festnetznummer, wo er sie ebenfalls nicht erreichte.

»Hältst du deinen Mann für fähig, einen Menschen zu entführen?«

Ratlos zuckte Hannah mit den Achseln. Alexander schloss die Augen. Die Sache wuchs ihm über den Kopf. Hatte er durch die Affäre Maries Leben gefährdet? In seinem Kopf wirbelten die Gedanken durcheinander. Er hatte das Gefühl, jeden Augenblick vom Stuhl zu kippen.

»Müsste sie nicht bei der Arbeit sein?«, fragte Hannah leise.

»Natürlich! Warum habe ich nicht selbst daran gedacht?«
Diese Möglichkeit ließ ihn ruhiger werden. Er öffnete die
Telefonkontakte und wischte übers Display, bis er die Nummer gefunden hatte. Ein paar Sekunden später ertönte wieder
das Freizeichen. Zunächst war er völlig überzeugt davon, dass
er gleich ihre Stimme hören würde, aber je länger er warten
musste, desto mehr schrumpfte seine Zuversicht. Wieso nahm
sie nicht ab? Hatte ihr Team gerade ein Meeting?

»AWB Köln. Müller, Apparat Risse. Wie kann ich Ihnen
helfen?«

Verdammt!, fluchte er innerlich. Mit Helga Müller teilte
sich Marie ein Büro.

»Alexander Risse. Guten Morgen. Ist meine Frau zu
sprechen?«

»Nein, tut mir leid. Die Ärmste war nur kurz hier, ehe sie
sich wegen Migräne krankgemeldet hat.«

»Oh weh. Dann versuche ich es zu Hause. Ich danke Ihnen.«

Niedergeschlagen schüttelte er den Kopf, als er die Verbindung beendete. »Laut ihrer Kollegin müsste sie daheim sein.«

»Und jetzt?«

»Ich fahre nach Hause.«

»Was soll ich machen?«

»Du musst mich begleiten. Das war die unmissverständliche
Anweisung deines Mannes.«

»Ich habe dabei kein gutes Gefühl.«

»Trotzdem bleibt uns keine andere Wahl.«

Sein Handy signalisierte mit einem piepsenden Ton den
Eingang einer SMS. Er tippte auf das kleine Kurznachrichtensymbol und sah, dass die Mitteilung von seiner Frau stammte.

*Ruf mich noch mal an. Ich stand unter der Dusche. Was gibt es
bezüglich des Wochenendes zu klären?*

11

»Bin ich froh«, flüsterte er erleichtert und küsste Hannah. »Meine Frau hat eine SMS geschickt. Sie stand unter der Dusche.«

»Also hat uns Konstantin bloß einen Schreck einjagen wollen.«

»So sieht's aus.«

»Das ändert aber nichts daran, dass er Bescheid weiß. Ich kann heute unmöglich zurück nach Hause. Der bringt mich um.«

Alexander seufzte tief. Kaum war das eine Problem gelöst, tauchte drohend das nächste auf. »Das müssen wir gleich in Ruhe bereden. Ich rufe eben Marie an, dann sprechen wir darüber.« Er berührte das in die Kurznachricht eingebettete Telefonsymbol, wodurch sich der Anruf aufbaute.

Diesmal machte ihn das Freizeichen überhaupt nicht nervös. Gerade als er vermutete, dass sie sich möglicherweise die Haare föhnte und deswegen nicht an ihr Handy ging, wurde das Gespräch entgegengenommen.

»Marie! Danke für deine SMS.«

»Wie viel Zeit hast du Narr jetzt vergeudet? Eine Viertelstunde?«

Die Stimme traf Alexander wie ein Faustschlag. »Wo ist meine Frau?«, keuchte er.

»In meiner Gewalt. Und damit du mir endlich glaubst, solltest du nun genau zuhören.«

Es klang so, als würde das Telefon beiseitegelegt. Kurz darauf hörte er den gedämpften Schmerzensschrei einer Frau.

»Nein! Lassen Sie Marie in Ruhe!«

»Hast du meine Warnung verstanden?«, vernahm er seinen Gesprächspartner.

»Verschonen Sie Marie«, flehte Alexander. »Sie hat nichts mit dem hier zu tun!«

»Das sehe ich anders. Begib dich schleunigst auf die Suche – in weniger als zwölf Stunden läuft die erste Frist ab.« Unvermittelt beendete Konstantin Burmeister das Telefonat.

Verzweifelt überlegten Alexander und Hannah, wie sie auf die Situation reagieren sollten.

»Wir brauchen Hilfe«, sagte er schließlich.

»Wer soll uns denn helfen?«

»Du musst mir die Automarke und das Kennzeichen deines Mannes sagen.«

»Wofür benötigst du diese Infos?«

»Ich kenne jemanden bei der Kripo.«

»Er hat doch verboten, die Polizei einzuschalten«, entgegnete Hannah.

»Vielleicht kann man das inoffiziell machen«, hoffte Alexander.

In ihren Augen sah er, dass sie von diesem Vorschlag nicht viel hielt.

* * *

Obwohl sich Katharina bei den Trainingseinheiten körperlich völlig verausgabte, fühlte sie sich seit Wochen deutlich belastbarer als in den Monaten zuvor. Sie saß an ihrem Schreibtisch im Großraumbüro des Kölner Präsidiums und studierte eine Zeugenaussage zu einem kürzlich abgeschlossenen Fall. Gleichzeitig blickte sie jedoch immer wieder heimlich drei Plätze weiter. Dort saß Daniel, der ebenfalls in Akten vertieft war.

Katharina fand ihn attraktiv; außerdem hatten sie einen ähnlichen Humor. Dennoch hatte er als potenzieller Partner einen großen Nachteil: Er arbeitete im gleichen Büro wie sie. Wenn sie sich auf ihn einließe und das Ganze in einem Fiasko endete, würde sich dies negativ auf ihr Berufsleben auswirken. War Daniel es wert, dieses Risiko einzugehen, oder sollte sie lieber darauf warten, einen vernünftigen Mann außerhalb des Dienstes kennenzulernen?

Zwangsläufig erinnerte sie sich an ihr letztes flüchtiges Abenteuer, das sie sogleich beendet hatte, nachdem ihr damaliger Geliebter gestanden hatte, ver…

Das Telefon riss Katharina aus ihren Gedanken. Das Display zeigte eine Mobilfunknummer an, die ihr vage bekannt vorkam.

»Polizeipräsidium Köln, Kriminaloberkommissarin Rosenberg am Apparat.«

»Hallo Katharina, hier ist Alexander. Leg jetzt bitte nicht auf.«

Zunächst glaubte sie, sich verhört zu haben. Wie konnte es sein, dass er nach mehreren Monaten Funkstille just in dem Augenblick bei ihr anrief, während sie an ihn dachte?

»Warum sollte ich nicht direkt auflegen?«, entgegnete sie leise. Glücklicherweise befand sich Frank Weimer, der ihr normalerweise gegenübersaß, im Moment nicht an seinem Arbeitsplatz. »Ich hatte dir ausdrücklich geraten, dich nie wieder zu melden.«

»Es geht um Marie.«

»Wer ist das? Deine Ehefrau? Hat sie von unserer Episode Wind bekommen?«

»Ich fürchte, sie ist entführt worden.«

»Du scherzt hoffentlich.«

»Mir ist nicht zum Spaßen zumute. Kann ich dir erklären, was gerade vorgefallen ist?«

»Okay. Erzähl!«

Eine weitere Affäre, ging es ihr bei der Schilderung durch den Kopf. Sie war also kein Einzelfall gewesen. Trotzdem zwang sie sich dazu, ihre moralische Entrüstung beiseitezuschieben. Möglicherweise stand das Leben einer unschuldigen Frau auf dem Spiel.

»Ich weiß nicht, was ich nun machen soll«, meinte Alexander.

»Es war richtig, mich anzurufen.«

»Er darf das nicht herausbekommen. Sonst tötet er Marie.«

»Keine Sorge. Wir haben die nötige Erfahrung darin, solche Ermittlungen geheim zu halten.«

»Und du hilfst mir trotz allem?« In seiner Stimme lag ein zweifelnder Unterton.

»Das ist mein Job und hat nichts mit uns beiden zu tun«, sagte sie. »Hast du Informationen über den Entführer?«

Alexander reichte das Handy an Hannah weiter. Diese beschrieb Katharina das Aussehen ihres Mannes, teilte sein Autokennzeichen mit und warnte sie vor seinem Jähzorn.

»Meinen Sie, wir müssen seine Morddrohung ernst nehmen?«, fragte Katharina.

»Wahrscheinlich.«

»Vielen Dank für Ihre Einschätzung. Ich würde gern noch einmal mit Alexander sprechen.«

Hannah reichte ihrem Geliebten das Telefon zurück.

»Was unternimmst du jetzt?«, fragte er Katharina.

»Ich werde sein Fahrzeug und das von deiner Ehefrau zur Fahndung ausschreiben, bis wir wissen, in welchem Auto sie unterwegs sind. Wo seid ihr gerade?«

»In einem Hotel in Bad Münstereifel. Ich würde ohne Stau etwa eine Dreiviertelstunde benötigen.«

»Weit weg von zu Hause«, stellte sie sarkastisch fest. »Hast du mittlerweile alle Kölner Hotels durch?«

Frank, der wenige Minuten zuvor an seinen Arbeitsplatz zurückgekehrt war und rasch die Bedeutung des Gesprächs erfasst hatte, zog fragend die Augenbrauen in die Höhe. Sie zuckte mit den Schultern.

»Es tut mir leid, wenn ich dich damals verletzt habe.«

Nach dieser Entschuldigung spürte sie, dass der Groll gegen ihn im Laufe des Telefonats verschwunden war. Ihr stand nicht das Recht zu, moralisch über ihn zu urteilen. Die Angst, die er momentan durchlitt, hatte er ganz sicher nicht verdient.

»Ach, lass uns jetzt nicht davon sprechen! Ich werde mich mit einem Kollegen auf den Weg machen. Treffen wir uns bei dir?«

Im Hintergrund vernahm Katharina Hannahs Stimme.

»Was hat sie gesagt?«

»Sie fürchtet, ihr Mann könnte die Nachbarschaft beobachten«, antwortete Alexander.

Ein Gedanke, der nicht völlig abwegig war.

»Klingle einfach bei Familie Scholl. Die haben einen Ersatzschlüssel. Ich informiere sie darüber, dass eine Bekannte von mir vorbeikommen wird.«

12

Am liebsten hätte Katharina Daniel Schult mit zu dem Treffen genommen. Stattdessen fragte sie Frank, der einen Teil des Telefonats mitbekommen hatte. So blieb es ihr auch erspart, dass Daniel ihr Fragen über ihre Beziehung zu Alexander stellte. Soviel sie wusste, hatte damals niemand aus dem Präsidium von ihrer kurzen Liaison erfahren. Das sollte auch so bleiben.

Auf dem Weg nach draußen kamen sie an Daniels Schreibtisch vorbei. Er sah sofort hoch.

»Wohin geht ihr?«

»Möglicherweise zu einem Tatort. Die Frau eines Bekannten ist anscheinend entführt worden.«

»Ihr wollt da lediglich zu zweit hin? Ich könnte euch unterstützen«, bot er an.

»Der Entführer hat das Einschalten der Polizei untersagt. Der Ehemann hat mich mehr oder weniger privat angerufen. Deswegen halte ich es für besser, wenn nur wir beide dort auftauchen.«

Daniel schaute auf die Wanduhr, die über dem Ausgang hing. »Dann wird wohl nichts aus unserer gemeinsamen Mittagspause.«

»Eher nicht. Aber ich melde mich wegen unseres Abendtrainings, falls es länger dauert.«

Als sie das Großraumbüro verließ, warf sie einen Blick über die Schulter. Ihr Kollege war allerdings wieder in seinen Bericht vertieft.

Sie bemerkte Franks breites Grinsen. »Gibt's was zu lachen?«, fragte sie ruppig, da sie sich ertappt vorkam.

»Ich freue mich für dich«, erwiderte er.

»Wieso?«

»Weil euer Trainingsprogramm anscheinend recht harmonisch verläuft.«

»Ich weiß nicht, wovon du sprichst.«

Katharina saß am Steuer des zivilen Polizeifahrzeugs, Frank tippte etwas in sein Handy.

»Woher kennst du den Mann der entführten Frau?«, erkundigte er sich, als er damit fertig war.

Sie seufzte. »Ich habe ihn etwa zwei Monate nach der Geschichte mit Moll kennengelernt. Wir sind uns zufällig beim Einkaufen begegnet. Ich war damals psychisch sehr mitgenommen und anfällig für Komplimente. Der Typ war supercharmant und ließ nicht locker. An der Kasse habe ich ihm schließlich meine Handynummer gegeben.«

»Deswegen warst du also zwischendurch so gut gelaunt«, folgerte Frank.

»Hat man mir das angemerkt?«, wunderte sie sich.

»Ich schon. Zuvor hatte ich mir wirklich Sorgen gemacht. Und plötzlich warst du wie ausgewechselt.«

»Tja, hat bloß nicht lange angehalten«, sagte sie. »Leider hat er weder beim Kennenlernen noch bei unseren ersten Dates dran gedacht, seine Ehefrau zu erwähnen. Von der habe ich erst drei Wochen später erfahren. Kam ich mir verarscht vor!«

»Hast du die Sache sofort beendet?«

»Klar. Ein verheirateter Mann ist ein absolutes No-Go.«

»Womit hat er sich herausgeredet? Dass ihn seine Frau nicht mehr versteht und er ohnehin plant, sie zu verlassen?«

»Wenn es wenigstens so gewesen wäre. Nein. Er fand, seine Ehe sei kein Hinderungsgrund, um ein wenig Spaß zu haben.«

»Sympathischer Zeitgenosse«, entgegnete Frank.

»Trotzdem sollten wir ihm gleich vorurteilsfrei begegnen. Es geht um Alexanders Ehefrau. Sie ist in Gefahr. Das ist schlimm, ganz egal, was Alexander getan hat.«

Sie parkten zwei Häuser entfernt und liefen zielstrebig auf das Vierfamilienhaus zu, vor dem sie Maries Auto am Straßenrand entdeckten. In der ruhigen Seitenstraße wäre es Katharina aufgefallen, wenn jemand das Gebäude beobachtet hätte.

Die Klingelschilder mit den Namen *Risse* und *Scholl* waren nebeneinander platziert. Katharina drückte die entsprechende Klingel. Es dauerte nur ein paar Sekunden, bis ihnen aufgemacht wurde. Als sie den Hausflur betraten, öffnete sich eine Tür im Erdgeschoss.

»Hallo«, sagte die Kommissarin zu einer älteren Frau, die einen weißen Putzkittel trug. »Rosenberg. Hat Alexander, ich meine Herr Risse, mein Kommen angekündigt?«

»Ja, das hat er.« Die Seniorin musterte sie und Frank dennoch kritisch. »Ganz schön viel los hier im Haus heute Morgen.«

Katharina wurde hellhörig. »Wirklich? Ist Marie zu Hause?«

Die Nachbarin schüttelte den Kopf. »Beim Fensterputzen habe ich gesehen, wie sie das Haus verlassen hat.«

»Wie lange ist das her?«

»Ungefähr eine halbe Stunde.«

»War sie allein? Oder in Begleitung von Konstantin?«

»Ich kenne zwar keinen Konstantin, aber an ihrer Seite war ein Mann. Für eine verheiratete Frau meiner Meinung nach etwas zu nah. Die gingen ja quasi Arm in Arm zu seinem Auto. Doch die jungen Leute haben ja eh andere Moralvorstellungen als früher.« Sie griff in die linke Kitteltasche und reichte Katharina ein schwarzes Schlüsseletui.

Die Polizistin war neugierig, wie der Mann, mit dem sie sich einmal eine Beziehung hätte vorstellen können, seine Wohnung eingerichtet hatte.

»Die Beobachtung der Nachbarin ist interessant«, stellte Frank fest, während er die Wohnungstür von innen schloss. »Deutet darauf hin, dass der Entführer die Frau mit einer Waffe in Schach gehalten hat.«

»Es sei denn, sie stecken unter einer Decke«, wies Katharina auf eine alternative Erklärung für den engen Körperkontakt hin.

Sie befanden sich in einer kleinen Diele, wo das verlegte Stäbchenparkett bereits den Eindruck einer gehobenen Ausstattung vermittelte. Die Wände waren weiß gestrichen, rechter Hand hing ein ahornfarbenes Holzbrett mit einigen Haken. Vom Flur aus traten sie in einen Raum, der ungefähr sechzig Quadratmeter maß und eine Kombination aus Wohnzimmer und offener Küche war.

Frank pfiff anerkennend. »Nicht schlecht. Was macht er beruflich?«

Auch ihr gefiel das geräumige Wohnkonzept mit der integrierten Küche. »Alexander besitzt eine Firma, die Handyapplikationen entwickelt«, erklärte sie.

»Scheint sich finanziell zu lohnen.«

»Sie haben wohl mehrere erfolgreiche Apps eingeführt«, bestätigte Katharina.

Das Stäbchenparkett setzte sich im Wohnzimmer fort. An den Wänden waren lediglich zwei breite Ölgemälde und vier quadratförmig angeordnete Fotografien in Holzbilderrahmen angebracht. Vor einem in Augenhöhe montierten, etwa fünfzig

Zoll großen Flachbildfernseher war eine lederne Sitzlandschaft gruppiert. Darunter befand sich ein schwarz-weiß lackiertes Sideboard, das auf beiden Seiten von anderthalb Meter hohen Schrankelementen im gleichen Design flankiert wurde. Neben dem Küchenbereich stand ein Esstisch mit sechs Stühlen vor einem mehrflügeligen Fenster.

Katharina ging zu den Bilderrahmen. Jedes der Fotos war in einem Urlaub aufgenommen worden und zeigte ein hübsches Paar. Alexander und seine Frau waren darauf vor dem Louvre in Paris, vor einer Berghütte in einer völlig verschneiten Umgebung und an zwei wunderschönen Stränden zu sehen. Marie war einen halben Kopf kleiner als ihr Ehemann; die schulterlangen, dunkelroten Haare trug sie auf allen Bildern offen. Die Aufnahmen im Bikini offenbarten eine atemberaubende Figur. Ihr Bauch war durchtrainiert, die Brüste straff.

Frank blickte kurz über Katharinas Schulter. »Zufall – oder steht er auf den sportlichen Typ?«

Sie zuckte mit den Achseln und fragte sich, warum er eine so attraktive Partnerin betrog. Hatte er seine Libido nicht unter Kontrolle oder befriedigte sie seine Bedürfnisse nicht ausreichend?

»Lass uns den Rest der Wohnung inspizieren«, schlug Frank vor.

Vom Wohnzimmer führte eine Tür ins Schlafzimmer, dessen Boden mit einem dunkelgrauen Teppich ausgelegt war. Im Vergleich zum vorherigen Raum war dieser ausgiebig möbliert. Ein riesiger Kleiderschrank, ein antiker Sekretär, eine Kommode und ein cremefarbenes Boxspringbett wirkten eher willkürlich ausgewählt. Die Bettdecken waren ordentlich zusammengelegt. Wie im Wohnbereich gab es auch hier keinerlei Anzeichen für einen Kampf.

Dies änderte sich in dem mit einer bodengleichen Dusche und zwei breiten Waschbecken ausgestatteten Badezimmer. Auf den hellgrauen Fliesen lag ein weißes, blutbeflecktes Handtuch.

Frank deutete mit dem Arm darauf, doch Katharina hatte es bereits gesehen.

»Im Labor könnten die Kollegen prüfen, ob es sich um die Blutgruppe von Marie handelt«, sagte Frank.

»Vorausgesetzt, Alexander kennt ihre Blutgruppe.«

Katharina ging zu einer chromfarbenen Stange und berührte die beiden hellbraunen Badehandtücher, die dort hingen. Sie waren völlig trocken. Unzufrieden schüttelte sie den Kopf.

»Dich stört das Gesamtbild also auch?«, hakte Frank nach.

»Allerdings. Laut Alexander hat Marie ihren Arbeitsplatz wegen Migräne verlassen. Und was macht man, wenn man unter einer Kopfschmerzattacke leidet und die eigenen vier Wände betritt? Man legt sich wahrscheinlich hin.«

»Die Betten sehen unbenutzt aus.«

»Kalt duschen wäre eine andere schmerzlindernde Maßnahme.«

»Ich nehme an, die Handtücher sind trocken?«

»Korrekt.«

»Möglicherweise hat sie es sich auf der Sofalandschaft bequem gemacht.«

Gemeinsam kehrten sie ins Wohnzimmer zurück – einen Hinweis, der Franks Vermutung bestätigt hätte, fanden sie allerdings nicht.

»Er könnte sie direkt bei ihrer Ankunft abgefangen und bedroht haben«, stellte er eine neue Alternative zur Diskussion.

»Aber wie kommt es dann zu den Blutspuren? Das irritiert mich wohl am meisten. Als ob sie bewusst so offensichtlich zurückgelassen worden sind.«

»Eine Warnung?«

Bevor sie darauf antworten konnte, wurde die Wohnungstür aufgeschlossen. Alexander stürmte herein, gefolgt von einer Frau, die sich ihrem Gesichtsausdruck nach äußerst unwohl zu fühlen schien.

»Danke, dass du dich darum kümmerst«, sagte Alexander atemlos. »Ich hätte nicht gewusst, was ich machen soll.« Er reichte Frank die Hand. »Alexander Risse. Hallo. Das ist Hannah Burmeister.«

Seine Begleiterin nickte stumm. Katharina musterte sie verstohlen, wobei sich der Eindruck, den sie durch die Bilder von Marie gewonnen hatte, verstärkte. Alexander war ein Mann, der einen bestimmten Frauentyp bevorzugte. Zwischen ihr, Hannah und Marie gab es äußerliche Ähnlichkeiten, die nicht zu leugnen waren.

»Habt ihr etwas entdeckt, was uns weiterhilft?«, fragte Alexander.

»Im Badezimmer sind wir auf Blutspuren gestoßen.«

»Oh nein«, murmelte er erschrocken.

Instinktiv wollte er ins Bad, doch Katharina hielt ihn am Arm fest.

»Du würdest uns besser unterstützen, indem du ihre Kleidung überprüfst. Vielleicht fällt dir auf, ob etwas fehlt. Das wäre hilfreich für die Fahndung.«

13

Als Alexander zurück ins Wohnzimmer kam, wirkte er ratlos.

»Ich verstehe das nicht«, gestand er leise.

»Was ist dir aufgefallen?«

»Es fehlen tatsächlich ein paar ihrer Lieblingsklamotten. Eine Bluse, eine Jeanshose, ein Hoodie und eine bequeme Baumwollhose.«

»Hast du heute Morgen darauf geachtet, was sie getragen hat?«, fragte Katharina.

Der Angesprochene schüttelte den Kopf. »Nein. Ich habe sie nur kurz gesehen, als ich aus der Wohnung bin. Aber sie wird kaum zwei Hosen angezogen haben.«

»Liegt eines der Teile vielleicht in der Wäsche?«, bohrte Frank nach.

Alexanders Miene hellte sich hoffnungsfroh auf. »Moment!« Hastig drehte er sich um und eilte ins Badezimmer.

»Der Wäschekorb ist leer!«, rief er kurz darauf.

Katharina folgte ihm. Der untreue Ehemann starrte auf den Korb.

»Hätte ein Entführer ihr die Gelegenheit gegeben, Wechselsachen einzupacken? Für maximal achtundvierzig Stunden?«

In seiner Stimme schwang derselbe Zweifel mit, den sie spürte.

»Kannst du beurteilen, ob sie Kosmetika eingesteckt hat?«

Ohne Elan ging er zu einem hohen Spiegelschrank, der links von den Waschbecken angebracht war.

»Das gibt's nicht«, murmelte er. »Ihre Kulturtasche fehlt.« Er wandte sich Katharina zu. »Wollen die mir bloß eine Lektion erteilen?«

»Das kann ich nicht ausschließen«, entgegnete die Kommissarin. »Falls es so wäre, würde sie wenigstens nicht in Lebensgefahr schweben.«

Alexander schnaubte. »Dann hätte sie doch einfach die Scheidung einreichen können.«

Hannah kam in den Raum und legte ihm einen Arm um die Hüfte. »Konstantin würde eine solche Farce nicht mitmachen. Dafür ist er zu …« Sie zögerte, als würde sie nach dem richtigen Wort suchen. »Aggressiv«, sagte sie schließlich. »Er wählt eher den direkten, konfrontativen Weg.«

»Neigt Ihr Ehemann zu Gewalttätigkeiten?«, fragte Katharina. »Schlägt er Sie?«

»Nein! Nein!«, widersprach Hannah schnell. »Seine Aggressivität äußert sich verbal. Es passt nicht zu ihm, sich einen raffinierten Plan auszudenken, um uns zu bestrafen.«

»Und wenn Marie ihn kontaktiert hätte?«, wollte Katharina wissen. »Hätte sie ihn überreden können?«

»Mir wäre bestimmt etwas an seinem Verhalten aufgefallen.«

»Du hast gesagt, er sei letzte Woche erstaunlich ruhig gewesen«, erinnerte Alexander seine Geliebte.

»Oh. Stimmt. Trotzdem kann ich es mir nicht vorstellen.«

»Wir sollten beide Möglichkeiten in Betracht ziehen«, schlug Katharina vor. »Vielleicht ein Verbrechen, eventuell auch nur eine Bestrafungsaktion.« Langsam verließ sie das Badezimmer. An der Tür blieb sie stehen und drehte sich zu Hannah um. »Ich würde mich gern bei Ihnen zu Hause umsehen, um mir ein komplettes Bild zu verschaffen.«

* * *

Die Wohnung des Ehepaars Burmeister lag zehn Kilometer entfernt. Im Gegensatz zu den Risses wohnten sie an einer belebten Hauptverkehrsstraße. Hannah schloss die Wohnungstür auf und betrat als Erste die Diele.

»Wie viele Räume sind es?«, erkundigte sich Frank.

»Wir haben drei Zimmer plus Küche und Bad. Mein Mann und ich bevorzugen getrennte Schlafzimmer.« Sie lachte verlegen. »Er schnarcht.«

»Dann konzentrieren wir uns auf seinen Bereich«, sagte Katharina.

Von der Diele führten insgesamt fünf Türen ab.

»Hinten links ist sein Zimmer.« Hannah zeigte mit einem Finger in die Richtung.

Die Polizistin stellte rasch fest, dass der Raum abgeschlossen war.

»Zugesperrt!«

»Wirklich?«, wunderte sich Hannah. »Normalerweise schließt er nicht ab.«

Katharina rüttelte noch einmal an dem Griff. »Keine Chance.«

»Vielleicht passt ja einer der anderen Schlüssel.«

Hannah zog diese aus den übrigen Türen und reichte sie nacheinander der Kommissarin. Doch die Versuche blieben erfolglos.

»Und jetzt?«, fragte Alexander ratlos.

»Frau Burmeister, haben Sie hier irgendwo einen Satz Inbusschlüssel?«, wollte Frank wissen.

»Ja. Ich hole ihn.«

»Würdest du sie damit aufbekommen?«, vergewisserte sich Katharina.

»Ist mir bei meinem Neffen schon mal gelungen. Der hatte letztes Jahr eine Phase, in der er zur *Wahrung der Privatsphäre* sein Zimmer absperrte. Es kam, wie es kommen musste. Irgendwann hat er den Schlüssel verloren. Also fiel meinem lieben Bruder nichts Besseres ein, als den Polizisten der Familie zu rufen.«

»Hättest du dir nicht aus dem Einbruchsdezernat einen Dietrich besorgen können?«

»Das war an einem Sonntag. Ich habe mich ein wenig im Internet schlaugemacht und bin auf den Inbustrick gestoßen.«

Mit insgesamt vier unterschiedlich großen Werkzeugen in der Hand kehrte Hannah aus der Küche zurück.

»Das wird eine Weile dauern«, warnte Frank die Anwesenden. »Ihr solltet euch anderweitig die Zeit vertreiben.«

»Wir können uns ja bis dahin in den übrigen Räumen umsehen«, schlug Alexander vor.

Offenbar war er neugierig darauf, wie seine Geliebte im Alltag lebte – was Katharina nachvollziehen konnte.

* * *

»Ich hab's!«, rief Frank zehn Minuten später.

»Gut gemacht!«, lobte Katharina ihren Kollegen, als sie mit den beiden anderen wieder in den Flur trat. »Allerdings muss ich jetzt dem entsprechenden Dezernat einen Tipp geben, dass du ein potenzieller Verdächtiger für ungeklärte Einbruchsdelikte bist.«

»Kein Problem«, entgegnete Frank. »Meine Spezialität ist das Ausrauben von Kinderzimmern.«

Konstantin Burmeisters Raum war spärlich möbliert. Im vorderen Bereich befanden sich ein Metallbett und ein zweitüriger Kleiderschrank. In der Mitte des etwa zwanzig Quadratmeter großen Zimmers stand ein Raumteiler aus Teakholz.

»Dahinter liegt sein Arbeitsplatz«, erklärte Hannah.

Katharina trat in den Schlafraum und bat die Ehefrau des mutmaßlichen Entführers, durch einen Blick in den Schrank festzustellen, ob ihr ebenfalls fehlende Kleidungsstücke auffielen.

»Ups!«, stieß sie überrascht aus, als sie den Raumteiler umkurvt hatte. Plötzlich sah sie den gehörnten Ehemann in einem anderen Licht.

An der Wand neben dem Fenster hingen insgesamt vier Messer, eine Axt und ein Schwert. Zwei leere Haken wirkten wie eine latente Drohung.

»Sammelt dein Mann Waffen?«, fragte Alexander entsetzt.

»Ein kleiner Spleen«, erläuterte Hannah, während sie die Schranktüren wieder schloss. »Ich kann Ihnen nicht sagen, ob hier etwas fehlt. Tut mir leid.«

»Ein kleiner Spleen«, wiederholte Alexander ungläubig. »Ich hätte es begrüßt, wenn du mir von diesem Tick erzählt hättest.«

»Wieso?«, hakte sie verständnislos nach.

»Er ist Waffensammler!« Damit schien für ihn alles gesagt. Hannah sah ihn verwirrt an, er starrte fassungslos zurück.

»Leute, die Waffen sammeln, ticken nicht ganz sauber!«, fügte er hinzu.

»Was hättest du denn gemacht, falls ich dich informiert hätte?«, wollte sie nun wissen. Ihre Stimme wurde lauter. »Mich nicht mehr getroffen? Aufs Ficken verzichtet?«

»Keine Ahnung«, erwiderte er. »Ich hätte es halt gern gewusst.«

»Als wäre das ein Hinderungsgrund für dich gewesen, mit mir ins Bett zu gehen.« Hannah lachte spöttisch.

»Dein Mann ist ein Psycho.«

»Und du fickst unter keinen Umständen die Frau eines Psychos?«, schrie sie wütend. Die Anspannung der letzten Stunden brach hervor.

»Genau«, entgegnete Alexander nicht minder laut. »Ich hänge nämlich an meinem Leben.«

»Mach dich nicht lächerlich«, empfahl ihm Katharina betont ruhig. »Deswegen hättest du die Finger kaum von ihr gelassen.«

»Was mischt du dich ein?«, zischte Alexander. »Du kennst mich überhaupt nicht!«

»Ich glaub, ich kenn dich gut genug.«

Bevor der Streit weiter eskalieren konnte, legte Frank Alexander einen Arm um die Schulter. Wortlos führte er ihn aus dem Raum.

»Männer!«, sagte Hannah kopfschüttelnd, nachdem er außer Hörweite war.

Katharina deutete auf die leeren Stellen an der Wand. »Was fehlt da?«

»Hätte ich ihm davon erzählen müssen?«, fragte Hannah, statt direkt zu antworten.

»Quatsch. Ein Waffennarr wird nicht automatisch zum Schwerverbrecher.«

»Da hängen normalerweise eine Gaspistole, die einer echten Schusswaffe sehr ähnlich sieht, und ein Jagdmesser.«

So hätte er Marie also bedrohen können, dachte Katharina. Nachdenklich setzte sie sich an den Schreibtisch und startete den PC. Ihre Überzeugung, dass die Entführung vorgetäuscht war, geriet ins Wanken.

»Wussten Sie, dass er verheiratet ist, als Sie sich mit ihm eingelassen haben?«, wollte Katharina neugierig wissen.

»Ja klar«, bekannte Hannah. Dann bemerkte sie den missbilligenden Gesichtsausdruck der Kommissarin. »Oh. Alexander hat mir im Wagen von Ihrer kurzen Affäre berichtet. Offensichtlich hatten *Sie* keine Ahnung.«

»Nein. Nach drei Wochen war ich es leid, dass wir uns immer bei mir trafen. Als er ein Date im Hotel vorschlug, wurde ich misstrauisch. Da gestand er es.«

Ihre Nachfolgerin schüttelte den Kopf. »Männer sind Schweine«, sang sie leise.

Mittlerweile war der Computer teilweise hochgefahren, forderte aber die Eingabe eines Passwortes.

»Kennen Sie sein Kennwort?«

»Ich habe es irgendwann erraten. Elisa siebenundvierzig. Der Vorname seiner Mutter und ihr Jahrgang. Er hat keinen blassen Schimmer, dass ich es weiß.«

Katharina gab die Buchstaben-Zahlen-Kombination ein, als sie hörte, wie die Wohnungstür geöffnet wurde.

»Ich hole meinen Laptop aus dem Auto«, rief Alexander.

Der Desktop baute sich auf und ihr fiel ein Ordner ins Auge, der mit *Anna Karenina* betitelt war. Tolstois berühmter, den Ehebruch thematisierender Roman. Nach einem Doppelklick öffneten sich zwei Unterordner, die *Fotos* und *Dokumente* hießen.

Der Fotoordner enthielt dreizehn Bilder, die alle Alexanders Ehefrau zeigten und anscheinend heimlich aufgenommen worden waren. Auf manchen stand Marie vor ihrem Wohnhaus; ein anderes war geschossen worden, als sie das Rathaus betrat. Burmeister hatte sie außerdem zweimal beim Besteigen eines Fahrzeugs fotografiert.

Im Dokumentenordner befand sich lediglich eine Liste, in der bestimmte Tage gewissen Orten zugeordnet waren. Offensichtlich hatte Burmeister eine Tabelle angelegt, die aufführte, wo sich seine eigene Frau an unterschiedlichen Werktagen in den letzten sechs Wochen aufgehalten hatte.

Plötzlich klingelte es dreimal schnell hintereinander.

»Das wird Alexander sein«, rief Hannah und lief in die Diele, um die Haustür zu öffnen.

»Frau Burmeister!«, zitierte Katharina Hannah anschließend zu sich.

Die Angesprochene eilte herbei.

»Was gibt's?«, fragte sie.

»Ich bin auf eine Liste mit verschiedenen Orten und Zeiten gestoßen und habe den Verdacht, dass sie sich auf Ihre Aktivitäten in den letzten sechs Wochen beziehen könnte. Können Sie mir das bestätigen?«

Hannah blickte auf den Bildschirm. »Oh mein Gott«, flüsterte sie schließlich. »Da sind all unsere Treffen angegeben.«

»Von Ihnen und Alexander?«, folgerte die Kommissarin.

»Genau.«

»Also hat er Sie seit einer Weile beschattet. Ist Ihnen das nie aufgefallen?«

»Natürlich nicht!«, sagte Hannah. »Sonst hätte ich den Seitensprung beendet.«

»Sie haben sich ausschließlich vormittags getroffen«, stellte Katharina fest. »Wieso hatte Ihr Mann überhaupt die Gelegenheit, Ihnen zu folgen? Arbeitet er nicht?«

»Er ist im Außendienst tätig. Sein Chef wird nichts davon mitbekommen haben.«

Katharina überlegte. Es gab Anzeichen dafür, dass Marie und Konstantin Komplizen waren. Andere Faktoren sprachen wiederum dagegen. Vorläufig würde sie davon ausgehen, ein Verbrechen aufklären zu müssen, ohne die …

Das deutlich vernehmbare Geräusch eines Schlüssels, der im Türschloss umgedreht wurde, unterbrach ihren Gedankengang. Hannah starrte sie erschrocken an.

»Wer ist das?«, fragte die Polizistin leise.

»Ich habe keine Ahnung.«

Katharina griff zu ihrer Pistole. Sie schlich zur Schlafzimmertür, als gleichzeitig der Wohnungseingang geöffnet wurde.

Die Befürchtung, es könnte sich um Konstantin handeln, zerschlug sich jedoch sofort, als eine weibliche Stimme gedämpft zu singen begann.

Katharina trat in die Diele. Eine etwa vierzigjährige Frau kreischte bei ihrem Anblick angsterfüllt auf.

Hannah eilte zu ihnen. »Alles in Ordnung«, rief sie. »Das ist Josefine, unsere Putzhilfe.«

Die Frau bekreuzigte sich hektisch. »Warum jagen Sie mir so einen Schreck ein?«, beschwerte sie sich.

»Es tut mir leid. Das war keine Absicht.«

Josefine winkte ab. »Halb so schlimm. Jetzt bin ich wenigstens wach.« Sie kicherte verlegen.

»Sie sind spät dran«, sagte die Hausherrin. »Ist Ihnen heute Morgen etwas dazwischengekommen?«

»Ihr Mann hat mich doch extra gebeten, später anzufangen.«

»Wann hat er Sie darum gebeten?«, wollte Katharina wissen.

»Gestern Vormittag hat er angerufen. Habe ich da was falsch verstanden?«

»Nein«, erwiderte Hannah. »Alles ist gut. Aber Sie brauchen diese Woche nicht sauber machen. Ich habe eine wichtige Besprechung.«

Die Reinigungskraft wirkte unschlüssig und machte keinerlei Anstalten, die Wohnung zu verlassen.

»Ihren Lohn bekommen Sie selbstverständlich trotzdem«, fuhr Hannah fort.

Nun erhellte sich Josefines Miene. »Wie es Ihnen recht ist.«

Im Wohnzimmer saß Alexander am aufgeklappten Laptop. Die Falten auf seiner Stirn und sein grimmiger Blick verrieten, dass er sich stark konzentrierte.

»Eine spontane Aktion war es also nicht«, folgerte Frank. »Konstantin wusste bereits gestern, dass er heute keine Putzfrau gebrauchen kann, die ihm auf die Finger schaut.«

»Stellt sich die Frage, warum Josefine später kommen sollte«, nahm Katharina den Gedanken auf. »Weil er mit Marie hier war?« Sie hielt nachdenklich inne. »Woher konnte er überhaupt wissen, dass ihm ihre Verschleppung gelingen würde? Normalerweise wäre sie bei der Arbeit gewesen.«

»Das spricht für ein abgekartetes Spiel«, fand Frank.

»So sieht's aus.« Katharina wandte sich Alexander zu, der dem Dialog nur mit halber Aufmerksamkeit gefolgt war. »Du musst noch einmal die Kollegin deiner Ehefrau kontaktieren. Ich will wissen, ob ihr bei der Krankmeldung etwas nicht ganz koscher vorgekommen ist.«

Ein paar Minuten später fasste Alexander den Inhalt des Gesprächs zusammen.

»Sie hat ein wenig herumgedruckst, um sie nicht reinzureiten. Tatsächlich hatte sie den Eindruck, Marie würde blaumachen. Die erste Stunde habe sie völlig normal gewirkt, dann einen Anruf erhalten und sofort danach den Arbeitstag krankheitsbedingt beendet.«

»Nach einem Anruf?«, vergewisserte sich Frank.

»Genau.«

»Das lässt beide Optionen offen«, spekulierte Katharina. »Gehen wir davon aus, Konstantin Burmeister war der Anrufer.«

»Er könnte sie erstmalig kontaktiert und sie über die Untreue ihres Ehemanns informiert haben, um sie von der Arbeit wegzulocken«, grübelte Frank.

»Oder das Telefonat war der vereinbarte Startschuss für ihren ausgetüftelten Plan«, ergänzte Katharina.

»Ich habe eine Idee, wie wir sie aufspüren können«, sagte Alexander unvermittelt. Er drehte den Laptop so, dass alle Anwesenden einen Blick darauf werfen konnten.

14

»Unsere Firma steht kurz vor der Markteinführung einer Social-Media-Plattform«, erklärte Alexander. »Einhunderttausend User sind für die sogenannte Betaversion bereits gewonnen worden. Die meisten von ihnen haben die Handyapp heruntergeladen, nachdem sie eine Einladungsmail bekommen haben. Zwanzig Prozent der Testpersonen sind ausschließlich an der PC-Nutzung interessiert.« Er deutete zum Laptop, auf dem ein Fenster in dezentem Grauton geöffnet war. »Wir sind uns der direkten Konkurrenz zu Facebook, WhatsApp, Twitter und Co. bewusst. Deswegen haben wir nach einem Feature gesucht, das uns von ihnen abgrenzt. Auf Facebook können die Nutzer beispielsweise ihre aktuellen Standorte mitteilen. Besonders beliebt ist diese Anwendung im Urlaub. Wir kontern darauf mit der *WhereYou-Are*-Funktion. Als Beispiel: Katharina hat ein Profil erstellt und den vollen Funktionsumfang freigegeben. Nun nehmen wir an, Hannah ist ebenfalls Mitglied und mit Katharina befreundet. Sie entdeckt sie am Dom, loggt sich bei *WhereYouAre* ein und verrät dem Rest der Community, wen sie in Köln getroffen hat.«

»Warum sollte ich das tun?«, fragte Hannah.

»Weil das System jede Statusmeldung honoriert. Die Meldung bringt dir Coins ein. Bestätigt Katharina deine Meldung, verdoppelt sich der Bonus. Der Gesichtete erhält ebenfalls eine Belohnung. Die Coins ermöglichen es dir, verschiedene Sachen zu kaufen. Apps unserer Firma genauso wie Gutscheine fremder Unternehmen. Wir verhandeln mit namhaften Kooperationspartnern.«

»Sorry«, sagte Katharina. »Klingt in meinen Ohren eher nach einem Flop.«

Alexander lächelte verschmitzt. »Seit der Freischaltung der Betaversion haben wir zwei millionenschwere Übernahmeangebote erhalten. Und das, obwohl die Plattform derzeit ohne *WhereYouAre* läuft. Wenn ich Interesse an einem Verkauf gehabt hätte, wäre ich jetzt Millionär.«

»Habe ich es richtig verstanden, dass der Nutzer die Erlaubnis geben muss, damit er ...« Frank suchte das treffende Wort, »*geortet* werden darf?«

»So ist es«, bejahte Alexander.

»Warum sollte ich das tun? Damit gebe ich doch einen Teil meiner Persönlichkeitsrechte auf.«

Alexander lachte. »Den meisten Leuten, die zur Zielgruppe gehören, sind solche Persönlichkeitsrechte egal. Weshalb regen sich denn nur so wenige über die bekannt gewordenen Geheimdienstschnüffeleien auf?«

»Diejenigen, mit denen ich darüber gesprochen habe, meinen, sie hätten nichts zu verbergen.«

»Ich behaupte, der normale Facebooknutzer gibt im Internet mehr private Infos preis, als die NSA jemals ermitteln könnte. Deswegen ist es den Menschen egal.«

»Unabhängig von Bedenken bezüglich meiner ...«, begann Katharina, doch Alexander unterbrach sie.

»Wir hoffen, die Nutzer überzeugen zu können, dass es lohnenswert ist, gesichtet zu werden. Je mehr Sichtungen eine Person erhält, desto höher ist ihr Ansehen in der Community.«

»Inwiefern?«, fragte die Kommissarin verständnislos.

»Wegen jemandem, den du nicht leiden kannst, wirst du dir kaum die Mühe machen, die App aufzurufen. Trotz der Coins. Aber für jemanden, den du magst, wirst du den Aufwand betreiben. Je öfter du also gemeldet wirst, umso beliebter bist du. Das ist die Botschaft, die wir vermitteln wollen.«

»Als Polizeibeamtin verursacht mir der Gedanke Bauchschmerzen«, sagte Katharina.

»Wieso?«

»Es ist ein nützliches Tool für Stalker, die herauszufinden versuchen, wo sich das Objekt der Begierde aufhält.«

»Quatsch«, entgegnete Alexander. »Eine gestalkte Frau wird die Funktion abschalten. Die Abgabe einer Statusmeldung ist bloß möglich, falls der entdeckte Nutzer das Feature freigegeben hat. Ansonsten erscheint eine Fehlermeldung.«

»Diebe freuen sich bestimmt, wenn sie dank der App erfahren, dass eine Wohnung leer steht.«

Alexander zuckte mit den Achseln. »Wir weisen in der Lizenzvereinbarung auf diese Gefahr hin.«

»Wie viel Prozent der Nutzer werden die Vereinbarung überhaupt lesen?«, warf Frank ein.

»Als Anbieter bin ich nicht für die Versäumnisse meiner Kunden verantwortlich«, erklärte der Geschäftsmann lapidar.

»Eine schöne Ausrede, um sich seiner Verpflichtung zu entziehen«, erwiderte Katharina.

Ihr Gegenüber setzte zur Verteidigung an, doch die Polizeibeamtin ließ ihn nicht zu Wort kommen.

»Ich verstehe nicht, wie das Programm weiterhelfen kann.«

»Ich könnte Testprofile für Marie und für Hannahs Ehemann erstellen. Wir füttern die Profile mit den Informationen, die uns zur Verfügung stehen: Autotyp plus Kennzeichen; Kleidung, die er trägt; Maries Kleidung und so weiter. Außerdem stände es uns offen, jedem Profil ein Foto zuzuordnen. Dann bezeichnen wir das Ganze als Testlauf der *WhereYouAre*-Funktion. Ich könnte eine Nachricht eingeben, die alle Betanutzer erhalten. So hätten wir einhunderttausend potenzielle Zeugen.«

Alexanders Worte klangen verlockend. Ohnehin nahmen Polizeidienststellen heutzutage in Vermisstenfällen regelmäßig die Hilfe von Facebook und anderen Social-Media-Plattformen in Anspruch. Warum also nicht auch in diesem Fall?

»Könnte er das mitbekommen?«, wollte Frank wissen.

»Ich habe seine Handynummer durchs System gejagt, ohne sie zu finden. Marie nutzt es ebenso wenig.«

»Wie lange benötigen Sie für die Programmierung und Freischaltung?«

»Maximal eine halbe Stunde.«

»Okay. Probieren wir es.«

Alexander nickte zufrieden, nahm den Laptop und ging zum Esstisch. »Hannah, hast du ein digitales Foto deines Mannes, auf dem er deutlich zu erkennen ist?«

»Woher soll ich das nehmen?«, fragte sie genervt.

»Hast du keinen Schnappschuss auf dem Tablet oder Smartphone?«

»Du weißt, mein Handy ist ziemlich neu. In letzter Zeit gab es keinen Grund, ein Bild von ihm zu schießen.«

»Haben Sie eventuell in Ihrem Portemonnaie ein Foto?«, mischte sich Katharina ein.

»Ich glaube schon.«

»Das können wir am PC Ihres Mannes einscannen. Wenn ich mich nicht völlig irre, verfügt der Drucker über eine Scanfunktion.«

Während der Scanvorgang lief, erinnerte sich Katharina an das Dokument, in dem Konstantin penibel die Treffen der vergangenen sechs Wochen aufgeführt hatte.

»Trafen Sie sich regelmäßig an Orten weit weg von Köln?«, erkundigte sie sich.

»Ja. Wir wollten uns dadurch absichern. Konstantin ist oft innerhalb der Stadt unterwegs. Ich wollte ihm nicht beim Verlassen eines Hotels zufällig in die Arme laufen. Das Scannen ist übrigens beendet. Aber ich kenne mich damit nicht aus. Machen Sie weiter?«

Hannah räumte den Platz.

»Fragen Sie Alexander nach seiner E-Mail-Adresse«, bat Katharina.

Nachdem sie ihm das Foto kurz darauf über ihren eigenen E-Mail-Account geschickt hatte, löschte sie es wieder von Burmeisters Computer. Dann dachte sie erneut an die gefundene Liste. Jede Frau – und wäre sie auch noch so abgelenkt durch andere Dinge – würde innerhalb eines so langen Zeitraums sicherlich irgendwann bemerken, vom eigenen Ehemann beschattet zu werden. Hatte Burmeister eventuell einen Privatdetektiv engagiert? Oder musste er seiner untreuen Gattin gar nicht persönlich nachspionieren, weil er eine andere Möglichkeit gefunden hatte, ihren Tagesablauf im Blickfeld zu haben?

Im Wohnzimmer saß Alexander konzentriert am Laptop. »Das erste Profil habe ich gerade eben hochgeladen«, murmelte er.

»Hast du die Orte für eure Treffen spontan ausgesucht oder im Voraus gebucht?«

»Meist zwei Tage vorher.«

»Telefonisch?«

»Über eine Handyapp. Wir bieten einen solchen Dienst für zahlreiche Hotels an und ich bekomme bei allen Buchungen dreißig Prozent.«

»Nutzt du diese App privat?«

»Nein. Mit einem Geschäftsaccount. Wieso ist das wichtig?«

»Konstantin hat genau Bescheid gewusst, wann ihr euch wo getroffen habt. Mir fällt es schwer, zu glauben, dass er Hannah unbemerkt hinterhergefahren ist. Kennt außer dir sonst jemand die Zugangsdaten des Accounts?«

»Mein Geschäftspartner.«

»Hattest du keine Angst, er könnte Marie von den Buchungen erzählen?«

»Darüber habe ich nie nachgedacht. Warum sollte er das tun? Trotz der Differenzen, die wir derzeit haben, bringt es ihm nichts, wenn sich Marie von mir trennen würde.«

»Differenzen?«, horchte Frank auf.

»Davon kann ich gleich berichten. Lasst mich das kurz zu Ende programmieren.«

Fünf Minuten später drückte er die Enter-Taste. »Geschafft«, sagte er zufrieden. »Beide Profile sind online und die Betanutzer haben eine Benachrichtigung erhalten.«

»Dann würde ich gern auf die angesprochenen Differenzen zurückkommen.«

»Felix und ich sind uns nicht einig, wie wir mit den erwähnten Übernahmeangeboten umgehen sollen. Er würde gern zuschlagen, ich halte das für einen Fehler. Die Social-Media-App hat das Potenzial ...«

Alexanders Handy klingelte. Er verstummte mitten im Satz.

15

»Wenn man vom Teufel spricht«, sagte er lachend, nachdem er aufs Telefon gesehen hatte. »Das ist mein Partner. Darf ich drangehen?«

Katharina nickte.

»Hallo Felix«, begrüßte Alexander den Anrufer. Er berührte das Smartphonedisplay und im nächsten Moment ertönte im Raum die aufgebrachte Stimme des Mitinhabers.

»Was hast du dir dabei gedacht?«

Alexander zog die Stirn kraus. Der aggressiv klingende Gesprächseinstieg schien ihn zu überraschen.

»Wobei?«, fragte er.

»Du kannst Usern keine Anwendung in der Betaversion zur Verfügung stellen! Nicht ohne Rücksprache mit mir!«

Katharina verfolgte das Telefonat gespannt. Das sah ganz danach aus, als hätten die beiden ein schwerwiegendes Problem miteinander. War das ein Umstand, den sie im aktuellen Fall berücksichtigen musste?

»Seit wann darf ich in unserer gemeinsamen Firma keine solchen Entscheidungen mehr treffen?« Alexander bemerkte Katharinas Blick. Er zuckte mit den Achseln.

»Seit wann?«, empörte sich Felix. »Normalerweise beschließen wir einen solchen Schritt im morgendlichen Meeting. Aber statt im Büro aufzutauchen, bist du ja mal wieder unterwegs gewesen.«

»Das war eine Ausnahmesituation. Ich musste auf gewisse Vorkommnisse reagieren.«

»Vorkommnisse?«, schnaubte Felix spöttisch. »Zahlt dir Marie endlich deine Untreue heim und ist mit einem anderen Typen abgehauen?«

Nun wurde Katharina hellhörig. Hatte es für das Verschwinden von Marie eine Bedeutung, dass Alexanders Affäre kein Geheimnis geblieben war? »Erkundige dich, wie er das meint«, flüsterte sie ihm ins Ohr.

»Wovon sprichst du?«

»Glaubst du, ich hätte nicht erkannt, dass das weibliche Testprofil deine Ehefrau beschreibt? Darf ich raten? Du weißt nicht, wo sie ist und versuchst, sie mit dem Programm aufzuspüren.«

»Ich habe keine Ahnung, wie du auf die Idee kommst …«

»Ich bin nicht blöd. Wenn du einmal in der Woche über unseren Geschäftsaccount ein Hotel buchst und an solchen Tagen erst spät in der Firma auftauchst, liegt die Erklärung nahe.«

»Hast du Marie davon erzählt?«, fragte Alexander betont ruhig. »Oder jemand anderem?«

»Warum sollte ich?«, entgegnete der Anrufer. »Mir ist dein Sexleben völlig egal, solange es keine Auswirkungen aufs Business hat.«

»Sicher?«

»Lass diese Unterstellung! Ich erwarte, dass du die Funktion sofort offline schaltest.«

»Sorry, das geht nicht.«

»Spinnst du?«, schrie Felix. »Wir verfügen beide über einen fünfzigprozentigen Anteil. Laut Gesellschaftervertrag werden Entscheidungen in gegenseitigem Einvernehmen getroffen.«

»Laut Vertrag bin ich hauptverantwortlich für alle Programmierungsfragen«, erinnerte ihn Alexander. »Das Vorhaben ist für unseren zukünftigen Erfolg immens wichtig. Deswegen habe ich einen Testlauf gestartet. Mit Marie hat das nichts zu tun.«

»Fällt mir schwer, zu glauben. Alex, ich bitte dich, den Test zu beenden.«

»Wieso?«

»Damit forderst du die Konkurrenz heraus, uns zu kopieren. Die App benötigt keine Erprobungsphase.«

Alexander schüttelte verständnislos den Kopf. »Wir haben noch nie eine Anwendung ohne Generalprobe auf den Markt geworfen.«

»Wir waren auch noch nie im Besitz eines solchen Goldesels«, erwiderte Felix.

»Gerade deshalb dürfen wir keine Bugs riskieren.«

»Wann bist du im Büro, damit wir in Ruhe darüber sprechen können?«

»Wahrscheinlich komme ich heute gar nicht. Und morgen eventuell auch nicht.«

»Das ist hoffentlich nicht dein gottverdammter Ernst! Die Kaufinteressenten tauchen hier um sechzehn Uhr auf.«

»Du kannst ihnen absagen.«

»Hören wir uns wenigstens an, was sie anzubieten haben.«

»Kein Interesse«, meinte Alexander. »Zum jetzigen Zeitpunkt werde ich nicht verkaufen. Der Firmenwert wird sich mindestens verdreifachen, wenn die App einschlägt.«

»Und im umgekehrten Fall verpassen wir die beste Gelegenheit unseres Lebens.«

»Das Risiko gehe ich ein.«

»Ich erwarte dich im Büro!«, brüllte Felix, bevor er das Gespräch ohne Vorankündigung beendete.

»Nun weiß ich zumindest, welche Differenzen du gemeint hast«, kommentierte Katharina das Telefonat. »Er will verkaufen, du nicht.«

»Momentan gibt es dafür keinen plausiblen Grund«, bestätigte er.

»Die Firma gehört Ihnen zu gleichen Teilen?«, fragte Frank.

»Ja. Doch laut Gesellschaftervertrag darf keiner von beiden seinen Anteil veräußern, es sei denn, der Partner erteilt die Zustimmung.«

»Die Sie ihm nicht geben wollen.«

»Um mich mit Leuten herumzuärgern, die nur an kurzfristigen Profit denken? Nein danke! Letztlich tue ich Felix einen Gefallen. Ich vermute, in zwei bis drei Jahren bietet man uns das Dreifache.«

»Hast du mal mit ihm geredet, ob er in finanziellen Schwierigkeiten steckt?«, bohrte Katharina nach.

»Davon hat er nichts erzählt. Ihn reizt es einfach, jetzt einen Betrag einzustreichen, von dem netto ungefähr eine Million übrig bleibt.«

»Könnten Sie ihn auszahlen?«, wollte Frank wissen.

»Theoretisch schon, praktisch fehlt mir das Kleingeld. Außerdem hat das zwischen Felix und mir in den letzten vier Jahren perfekt gepasst. Er hält Arbeiten von mir fern, um die ich mich als alleiniger Inhaber zwangsläufig kümmern müsste. Ich hoffe, er kommt bald zur Vernunft und erkennt die Möglichkeiten, die uns offenstehen, wenn wir Geduld haben.«

Hannah, die während des Telefonats und der anschließenden Diskussion still am Fenster gestanden hatte, räusperte sich.

»Hat *er* uns verraten?«, stellte sie die naheliegende Frage.

Alexander zögerte. »Was sollte es ihm bringen? Zudem kennt ihr euch ja nicht einmal.«

»Aber wahrscheinlich kennt Felix Marie«, mutmaßte Katharina.

»Klar. Gelegentlich unternehmen wir etwas zusammen. Marie und ich gemeinsam mit Felix und seiner Partnerin Sylvia. Ein Abendessen. Ein Theaterbesuch. Eine Vernissage. Solche Sachen.«

»Könnte er deine Frau eingeweiht haben?«

»Zu welchem Zweck?«, fragte Alexander. »Er hätte nichts davon. Streit mit meiner Ehefrau würde mich auch nicht dazu bringen, plötzlich in den Verkauf der Firma einzuwilligen. Nein, allenfalls hätte es Sinn gemacht, mir damit zu drohen, Marie reinen Wein einzuschenken. Und das hat er nie getan.«

Katharina starrte an die weiße Zimmerdecke. Sie musste in Ruhe nachdenken und Informationen einholen. »Okay«, sagte sie schließlich, als sie aufstand. »Vorläufig müssen wir abwarten. Frank und ich fahren jetzt zurück ins Präsidium, um ein paar Schritte in die Wege zu leiten. Noch schwanke ich, ob Konstantin Marie tatsächlich entführt hat oder ob sie mit ihm unter einer Decke steckt. Euch empfehle ich, in Alexanders Wohnung zu warten. Dort wird Hannahs Mann kaum auftauchen. Falls über die App Hinweise eingehen, will ich umgehend informiert werden. Ihr unternehmt nichts ohne mein Wissen.«

16

Als Katharina das Großraumbüro betrat, glitt ihr Blick automatisch zu Daniel hinüber. Der Kollege telefonierte gerade und lächelte ihr zu. Sie ging zu ihm und wartete, bis er das Gespräch beendet hatte.

»Warst du schon essen?«, fragte sie.

»Ich habe selbstverständlich auf dich gewartet«, erwiderte er. »Irgendjemand muss ja darauf achten, dass du dich anständig ernährst.«

»Du bist so gut zu mir. Ich brauche ungefähr eine Viertelstunde, dann können wir zum Italiener gehen. Für dich einen Blattsalat, für mich Spaghetti mit Scampi, Knoblauchbrot und Tiramisu als Nachspeise.«

»Das wird sich so rächen, wenn wir auf der Strecke sind.«

»Wenigstens verhungere ich vorher nicht.«

Von der Aussicht einer gemeinsamen Mittagspause beflügelt, begab sich Katharina zu ihrem Schreibtisch. Sie setzte sich und kontaktierte telefonisch jemanden aus dem Betrugsdezernat.

»Saller«, meldete sich der zuständige Beamte nach zweimaligem Freizeichen.

»Rosenberg. Hallo Jan! Ich stecke mitten in einer Ermittlung, bei der du eventuell helfen könntest. Es geht um

123

einen gewissen Felix Schwartz. Mit ›tz‹ geschrieben. Er ist Geschäftsführer einer kleinen Firma, die Handyapplikationen entwickelt.«

»Der Name sagt mir spontan nichts.«

Katharina nannte ihm den Firmennamen und bat ihn um Prüfung, ob in geschäftlicher oder privater Hinsicht etwas gegen den Mann vorlag. Nachdem das erledigt war, öffnete sie ein Programm, über das sie eine Handyortung beantragen konnte. Katharina gab die Handynummern von Marie und Konstantin ein. Erfahrungsgemäß würde sie innerhalb weniger Minuten erfahren, ob die Mobiltelefone geortet worden waren.

»Daniel und ich machen jetzt Pause«, informierte sie Frank. »Willst du uns begleiten?«

Ihr Gegenüber zwinkerte. »Da würde ich nur stören.«

Ehe sie etwas erwidern konnte, klingelte ihr Diensttelefon. Überrascht sah sie, dass die Nummer des Kommissariatsleiters auf dem Display angezeigt wurde.

»Was will denn der Big Boss?«, murmelte sie. Hatte er etwa eine Ermittlung, die er ihr übertragen wollte? »Rosenberg!«

»Frau Rosenberg! Ich möchte Sie und Herrn Weimer unverzüglich in meinem Büro sprechen.« Ohne ein weiteres Wort der Erklärung trennte er die Verbindung.

In der Zwischenzeit war Daniel aufgestanden und zu ihr gekommen.

»Sollen wir los?«

»Ahrens hat mich und Frank gerade in sein Büro zitiert«, sagte sie verdrießlich. »Keine Ahnung, wie lang das dauern wird. Vielleicht solltest du besser allein los.«

* * *

In dem geräumigen Zimmer saß neben dem Kommissariatsleiter ein ihr unbekannter Mann am Besprechungstisch. Er trug ein modisches Jackett und eine braune Stoffhose. Seine schwarzen Haare waren von grauen Strähnen durchzogen, das Gesicht wirkte bekümmert.

»Kriminaloberkommissarin Rosenberg, Kriminaloberkommissar Weimer, darf ich Ihnen den BKA-Mitarbeiter Professor Mark Gruber vorstellen?«

Der Besucher erhob sich und rückte seine randlose Brille zurecht.

»Schön, Sie kennenzulernen«, begrüßte er sie freundlich. Seine Körpersprache vermittelte jedoch den Eindruck, dass er ihnen schlechte Nachrichten überbringen würde.

Sie schüttelten ihm die Hand und setzten sich.

»Professor Gruber arbeitet als Kriminalpsychologe fürs BKA«, erklärte Ahrens.

»Ein Kriminalpsychologe? Weswegen wollen Sie uns sprechen?«

Gruber seufzte. »Das Ganze ist kompliziert. Auf meinem Schreibtisch stapeln sich die Ermittlungsakten zu sieben Fällen aus verschiedenen Städten quer durchs Bundesgebiet, die nie aufgeklärt werden konnten. Der letzte Mord ist allerdings achtzehn Monate her. Ich vermute, die Taten hängen zusammen und sind von ein und derselben Person begangen worden. Einer Frau, die fürs BKA gearbeitet hat. Vor anderthalb Jahren hörte die Mordserie dann auf – oder zumindest habe ich keine weiteren Fälle mehr entdeckt, bei denen meine Verdächtige als Täterin infrage kommt. Ich habe Hinweise gefunden, dass diese Person vor achtzehn Monaten eine gewisse Zeit in Köln gewohnt hat. Folglich habe ich die Akten aus dem Kölner Einzugsgebiet angefordert, ohne auf ungelöste Mordfälle zu stoßen.« Er griff zu einem Glas Wasser und trank einen Schluck. »Daraufhin habe ich die gelösten Fälle überprüft – alle wirkten schlüssig. Unzufrieden ging ich einen Schritt weiter und habe mich mit den Todesfällen jenes Zeitraums beschäftigt. Dabei stieß ich auf einen tödlichen Unfall, der einen Vater und sein Kind das Leben gekostet hat.«

»Sarah und Julius«, flüsterte Katharina.

»Genau«, sagte Gruber. »Normalerweise hätte ich einen Autounfall nicht eingehend untersucht, doch es hat mich misstrauisch gemacht, dass eine Kommissarin von dem Schicksalsschlag betroffen war. Die Sachlage schien eindeutig und hat damals keine Recherchen gerechtfertigt. Trotzdem habe ich mittlerweile in Erfahrung gebracht, dass die frühere BKA-Beamtin Johanna Jenning unter einer falschen Identität wenige Tage vor dem Unglück eine Wohnung in dem Haus angemietet hat, in dem Ihr Mann damals lebte.«

»Was?«

»Nach Auskunft des Vermieters hat sie weder die Kaution noch den Mietzins überwiesen. Deswegen hat er mehrfach erfolglos versucht, sie zu erreichen. Als er schließlich zu der Wohnung fuhr, stellte er fest, dass sie leer geräumt und die Mieterin verschwunden war. Nachforschungen seinerseits beim angeblichen Arbeitgeber brachten ihn nicht weiter, denn dort kannte sie niemand. Die Frau sei unauffindbar gewesen.«

»Es hat meines Wissens keinen Zweifel an der Unfalltheorie gegeben«, mischte sich Frank ein.

»Das ist richtig«, bestätigte Gruber. »Die Umstände deuten auf eine schreckliche Tragödie hin. Daran hat sich bis heute nichts geändert.«

Katharina erhob sich und trat an eines der Fenster. Sie öffnete es und atmete tief ein. »Ich habe mich lang mit der Frage gequält, ob Julius absichtlich in den Tod gerast ist«, murmelte sie.

»Oh Gott«, entfuhr es Frank bestürzt. »Das hast du nie erwähnt.«

»Julius war ein umsichtiger Fahrer. Natürlich hat es an jenem Abend geregnet, die Straßen waren nass, die Kurve eine

Gefahrenstelle. Dennoch hing die Möglichkeit, dass es vielleicht doch kein Unfall war, wie ein Damoklesschwert über mir. Wir hatten zu jener Zeit oft Streit. Er gab mir die Schuld am Scheitern unserer Ehe. Außerdem litt er unter chronischen Schmerzen.« Sie drehte sich um und sah Gruber ernst in die Augen. »Haben Sie sonst noch etwas herausgefunden?«

Er nickte bedächtig, als müsste er zunächst ihre Aussage verarbeiten. »Vor drei Monaten ist Jenning auf der *Inneren Kanalstraße* geblitzt worden. Der Bußgeldbescheid wurde nicht beglichen. Das Autokennzeichen war gestohlen.«

»Sie ist wieder in Köln.« Katharinas Miene wirkte unergründlich.

»Die bisher ungeklärten Morde wurden alle in unterschiedlichen Städten begangen«, ergänzte der Kriminalpsychologe. »Also wird es einen Grund geben, warum sie hierher zurückgekehrt ist. Ich benötige dringend Informationen über Ihre aktuellen und die abgeschlossenen Ermittlungen des letzten Jahres. Mein Instinkt sagt mir, dass Jennings Aufenthalt in Köln mit Ihnen zu tun haben könnte.«

* * *

Wie in Trance setzte sich Katharina an ihren Schreibtisch. Konnte die Behauptung des Profilers zutreffen? Hatte eine Unbekannte Sarah und Julius ermordet?

»Sollen wir draußen Luft schnappen?«, fragte Frank.

Ehe sie antworten konnte, klingelte das Telefon.

»Hallo Alexander«, begrüßte sie den Anrufer matt.

»Was hat die Ortung ergeben?«, wollte er wissen.

Katharina bewegte die Computermaus und schaute nach, ob eine Rückmeldung des Programms vorlag. »Verdammt! Beide Rufnummern konnten nicht geortet werden. Konstantin muss nach eurem Telefonat die Akkus entfernt haben. Ein einfaches Ausschalten reicht nämlich nicht, um das System auszutricksen.«

»Maries Handy hat keinen austauschbaren Akku«, informierte Alexander sie.

»Dann hat er das Mobiltelefon zerstört«, folgerte Katharina.

»Vielleicht macht das nichts«, meinte Maries Ehemann hoffnungsvoll. »Über die App ist ein erster Hinweis eingegangen.«

17

Frank Weimer öffnete die Tür zu einem kleinen Besprechungsraum. Unter seinem Arm trug er diverse Ermittlungsakten.
»Kommen Sie! Der Raum ist frei.«

Mark Gruber folgte ihm. »Ich hoffe, Sie halten das nicht für
reine Zeitverschwendung.«

Statt zu antworten, legte Frank den Stapel auf den runden
Tisch. »Falls jemand den Unfall bewusst herbeigeführt hat, will
ich den Verantwortlichen zur Rechenschaft ziehen. Sarahs Tod
hat Katharina verdammt zugesetzt. Monatelang habe ich mich
um sie gesorgt. Sie war ein seelisches Wrack. Hätte man mir in
jenen Tagen mitgeteilt, dass sie sich etwas angetan hat, wäre ich
ehrlich gesagt nicht verwundert gewesen.«

»Das eigene Kind beerdigen zu müssen, ist wohl das Schlimmste,
was einer Mutter zustoßen kann«, pflichtete Mark ihm bei.

»Zweifellos.«

»Der Autounfall ist jetzt anderthalb Jahre her. Wie lange
hat Katharinas Trauerphase angehalten?«

Frank starrte auf die hellbraune Tischplatte. »In den ersten
drei Monaten war sie krankgeschrieben. Danach erschien sie
wieder zum Dienst – viel zu früh, meiner Meinung nach. Sie
wirkte damals wie ein Zombie.«

»Haben Sie Ihre Bedenken laut ausgesprochen?«

»Klar. Ich wollte, dass sie ihre Auszeit verlängert. Doch sie gestand mir, zu Hause nur mit Selbstmordgedanken zu kämpfen. Also kam sie jeden Morgen ins Präsidium. Es gab akzeptable und es gab miese Tage. Ich konnte ihr ansehen, ob sie in der Nacht zuvor geschlafen oder weinend wach gelegen hatte.«

»Schrecklich.« Automatisch dachte er an Beate.

»Irgendwann stabilisierte sie sich. Es ging ihr immer noch nicht gut, aber ich musste wenigstens keine Angst mehr haben, dass sie sich etwas antun würde.«

»Ich hatte vorhin einen positiven Eindruck von ihr«, sagte Mark.

»Inzwischen ist sie überm Berg. Natürlich fehlt Sarah ihr. Deren Geburtstag vor zwei Monaten war zum Beispiel ein heikles Datum. Aber Katharina weiß sich jetzt zu helfen: Wenn sie die Trauer nicht mehr ertragen kann, ruft sie mich an. Dann schläft sie in unserem Gästezimmer. Noch wichtiger sind allerdings ihre Eltern, die ihr immer zur Seite stehen.«

»Es ist gut für ihre psychische Verfassung, dass sie solche Rückzugsmöglichkeiten hat. Schön, dass Sie Ihre Kollegin so unterstützen.«

Der Kommissar zuckte mit den Achseln, als wäre dies selbstverständlich. »Wann haben Sie das erste Mal den Verdacht gehabt, eine Serienmörderin zu jagen?«, lenkte Frank das Gesprächsthema auf Johanna Jenning.

Mark erzählte ihm, wie die Vermutung aufgekommen war und sich die Puzzleteile langsam zusammengefügt hatten. »Was mich irritiert, ist die lange Pause seit dem letzten Mord. Falls es tatsächlich so ist, dass Johanna den Tod von Katharinas Familie zu verantworten hat, wieso hat sie seitdem nichts mehr unternommen? Wieso hat sie Katharina noch nicht zu sich in den Ring gelockt? Jennings Verhalten wird zum einen durch eine extrem hohe Risikobereitschaft bestimmt. Zum anderen habe ich herausgefunden, dass sie früher ständig darauf aus war, sich mit vermeintlicher oder tatsächlicher Konkurrenz zu messen. Außerdem habe ich im Laufe der Ermittlungen mit ein paar Jugendfreunden von ihr gesprochen und haarsträubende Sachen gehört. Jennings Eltern hatten ein Bestattungsunternehmen. Laut dreier absolut glaubwürdiger Aussagen hat Johanna unbeobachtete Gelegenheiten genutzt, um in Gegenwart der Toten ihre sexuellen Fantasien auszuleben.«

»Sie leidet unter Nekrophilie?«, fragte der Polizist ungläubig.

»Ihre Sexualpräferenz scheint nicht auf Leichen gerichtet zu sein. Aber der Tod besitzt für sie eine große erotische Anziehungskraft. Ihr ganzer Charakter wird von einer mächtigen Zerstörungstendenz getrieben. Wenn ich das alles zusammenzähle, fällt es mir schwer, an eine achtzehnmonatige Auszeit zu glauben.«

»Okay. Dann lassen Sie uns die Fälle überprüfen.« Frank Weimer griff zu der obersten Akte.

* * *

Alexander öffnete ihr die Tür. Er wirkte geradezu euphorisch.

»Ich glaube, es funktioniert wirklich«, sprudelte es aus ihm heraus. Er klang wie ein stolzer Vater, der von den neuen Fortschritten seines Sprösslings berichtete. »Bisher sind vier Nachrichten eingetroffen. Drei passen meiner Meinung nach zeitlich nicht zu dem uns bekannten Ablauf. Aber eine Kellnerin hat sie angeblich gegen Mittag in einem Lokal gesehen, das nur zwanzig Kilometer außerhalb von Köln liegt. Ich finde, wir sollten da hinfahren.«

Katharina betrat wortlos die Diele.

»Alles in Ordnung?«, fragte Alexander.

»Ja, ja, kein Problem«, murmelte sie.

»Sicher? Du wirkst seltsam. Hast du wegen der Entführung schlechte Neuigkeiten?«

Nun erst wurde ihr bewusst, dass er ihre geistige Abwesenheit auf das Verschwinden seiner Frau beziehen musste.

»Was? Nein, mach dir keine Sorgen.«

»Und du lügst mich nicht an?«

»Warum sollte ich?«

»Ich würde die Wahrheit verkraften.«

Schön für dich, dachte sie. Doch würde sie es ebenfalls verkraften, wenn Gruber recht hatte? Welche Vorstellung war schrecklicher? Dass Julius Selbstmord begangen hatte, um sie zu bestrafen, oder dass eine Serienmörderin ihretwegen Julius und Sarah getötet hatte?

* * *

Der zum Restaurant gehörende Biergarten war gut besucht. Da in der unmittelbaren Nachbarschaft mehrere Bürogebäude lagen, verbrachten wohl viele der Angestellten die Mittagspause hier.

Forsch ging Alexander voran, Katharina folgte dicht hinter ihm. Hannah hingegen hielt etwas Abstand – so, als wäre ihr die Situation unangenehm.

»Wo finde ich Leonie Krämer?«, fragte er eine Kellnerin, die ein Tablett voller Getränke zu einem Tisch brachte.

Die Frau schaute ihn einen Moment skeptisch an, ehe sie antwortete. »Leo arbeitet heute im Innenbereich.«

Ohne sich zu bedanken, stürmte Alexander in das Gebäude, in dem es verlockend nach frisch gegrilltem Fleisch roch. Katharinas Magen knurrte. Aufgrund der neuesten Entwicklungen hatte sie seit dem Frühstück nichts mehr gegessen.

Eine große, brünette Frau in Kellnerinnenuniform schlängelte sich an ihnen vorbei. »Vorsicht!« Auf ihren Armen balancierte sie vier Teller mit Essensresten, Besteck und Servietten.

»Leonie Krämer?«, rief ihr Alexander hinterher.

»Bin gleich bei Ihnen«, erwiderte sie, bevor sie hinter einer Schwingtür verschwand.

»Ich muss was essen«, sagte Katharina.

Als die Kellnerin zurückkam, saßen die drei bereits an einem freien Tisch. Leonie kam zielstrebig zu ihnen.

»Haben *Sie* gerade nach mir gerufen?«

Die Auffassungsgabe der jungen Frau war erstaunlich, da sie die Neuankömmlinge bestenfalls aus dem Augenwinkel wahrgenommen haben konnte. Ein ermutigendes Zeichen.

»Ja. Ganz richtig. Wir wollten mit Ihnen sprechen. Es geht um die Nachricht, die Sie über die Appfunktion *WhereYouAre* verschickt haben.«

»Huch!«, entfuhr es ihr verblüfft. »Dafür kommen Sie hierher?«

Katharina zeigte ihren Dienstausweis. »Wir nutzen die Funktion im Rahmen einer Ermittlung. Können Sie die Kleidung der Personen beschreiben, die Sie erkannt haben?«

Ohne lange zu überlegen, beschrieb Leonie eine der Kombinationen, die in Maries Schrank gefehlt hatte. »Die männliche Begleitung war etwas unauffälliger gekleidet«, fuhr sie fort. »Er hatte dunkle Sachen an. Eine schwarze Jeans und ein dunkelgraues Hemd.«

»Wie haben die beiden gewirkt? Gestresst? Gehetzt? Entspannt?«

»Sie schienen sich ganz gut zu verstehen«, antwortete die Kellnerin prompt. »Allerdings waren sie kein Paar.«

»Kein Paar?«, wiederholte Katharina.

»Ich studiere Psychologie und möchte Paartherapeutin werden«, erklärte Leonie. »Dieser Job ist das perfekte Training, um am Umgang von Menschen miteinander ihren Beziehungsstatus zu erkennen. Frischverliebte behandeln sich anders als langjährige, glückliche Partner. Und die wiederum sind schnell von Paaren zu unterscheiden, die arge Probleme haben. Ich hoffe, diese Erkenntnisse werden mir später im Beruf helfen.«

Katharina beschloss, ein Risiko einzugehen. Die Beobachtungen der Studentin konnten wertvoll sein. »Das, was ich Ihnen jetzt sage, muss unter uns bleiben.«

»Ich kann schweigen«, versicherte Leonie interessiert.

»Wir prüfen gerade die Möglichkeit, ob der Mann die Frau entführt hat.«

»Never ever«, behauptete die Kellnerin. »Ich bin mir sogar ziemlich sicher, dass sie eine Weile allein am Tisch gesessen hat. Ein Entführungsopfer wäre wohl abgehauen, oder?«

»Das wäre es wohl«, stimmte Katharina zu. »Könnten Sie mir eine Apfelschorle und einen Salat bringen? Aber nur, wenn es nicht allzu lange dauert, bis er fertig ist.«

* * *

»Halten Sie es für wahrscheinlich, dass sich die beiden gegen uns verbündet haben?« Hannah wirkte nachdenklich, als sie sich wieder im Wagen befanden.

»Danach sieht's zurzeit aus«, bestätigte die Kommissarin.

»Ich fasse es nicht«, meinte Alexander. »Wie konnte mir Marie das antun?«

»Versuch dich doch mal in ihre Lage zu versetzen. Möglicherweise hat Konstantin sie völlig überraschend kontaktiert und ihr von unserer Affäre erzählt. Hast du eine Vorstellung, wie verletzend eine solche Neuigkeit ist?«

Mürrisch verzog er den Mund, sagte jedoch nichts. Katharinas Handy piepste. Eine eingehende SMS unterbrach sie bei ihrer Moralpredigt. Sie schaute nach, wer ihr die Nachricht geschickt hatte. *Gruber würde gern mit dir den Weg von der alten Wohnung zur Unfallstelle abfahren. Ist das okay? Sonst übernehme ich das.*

Zwar war sie kurzzeitig versucht, Frank die Aufgabe zu überlassen, aber sie spürte, dass sie sich der Herausforderung stellen musste.

Ich mache das. Bin in ungefähr einer Stunde im Präsidium.

»Was sollen wir jetzt tun?«, wollte Alexander wissen.

Unschlüssig trommelte sie mit den Fingern aufs Lenkrad. »Schick ihm eine SMS«, schlug sie vor. »Schreib ihm, du hättest das Spiel durchschaut.«

»Sein Handy war nicht zu orten«, erinnerte Alexander sie. »Also wird eine SMS nicht ankommen.«

»Stimmt«, brummte Katharina missmutig, da sie selbst daran hätte denken können. »Ich fahre euch nach Hause, wo ihr am besten abwartet, was passiert.«

»Wir sollen bloß warten?«, vergewisserte sich Hannah überrascht.

»Wahrscheinlich ist die Entführung ein Fake«, entgegnete Katharina. »Deswegen müssen Konstantin und Marie zum Ablauf der ersten Frist die Karten auf den Tisch legen.«

»Und wenn es kein Fake ist?«, empörte sich Hannah.

»Die Fahndung läuft weiter«, beruhigte die Kommissarin sie.

»Und über die App könnten neue Hinweise eintrudeln«, ergänzte Alexander, der deutlich entspannter als seine Geliebte wirkte.

»Ich halte das für falsch«, sagte Hannah. Dann zuckte sie jedoch mit den Achseln. Offensichtlich hatte sie mangels Alternative beschlossen, Katharinas Vorschlag zu akzeptieren.

18

Im Wohnzimmer klappte Alexander den Laptop auf und startete die Social-Media-Applikation. Unterdessen nahm Hannah die auf dem Couchtisch liegende Fernsehzeitschrift in die Hand und blätterte lustlos darin. Schon nach kurzer Zeit warf sie diese frustriert zu Boden. Ihr Liebhaber sah sie verwundert an.

»Abwarten und Tee trinken! Was für ein beschissener Vorschlag!«

»Was sollen wir denn deiner Meinung nach tun?«, erwiderte er.

»Keine Ahnung! Schließlich arbeite ich nicht bei der Polizei!«

Ein Signalton am Computer erklang.

»Eine neue Nachricht?«, fragte sie.

»Vielleicht.«

Seine Finger huschten über das Trackpad. »Zwei Hinweise.« Er öffnete den ersten, dem zufolge sie vor einer Stunde in Hamburg gesehen worden waren. Der zweite Nutzer hatte Konstantins Auto angeblich im Frankenland entdeckt. »Ausgeschlossen«, murmelte er enttäuscht.

Ehe er Hannah ins Bild setzen konnte, klingelte sein Telefon.

»Felix«, begrüßte er den Anrufer genervt.

»Ich kann das verdammte Programm nicht offline schalten!«, schrie sein Geschäftspartner.

»Natürlich nicht. Oder glaubst du, ich mache es dir so leicht?«

»Wenn du dem Erfolg unserer Firma schadest, verklage ich dich!«

»Lächerlich! Wir wissen beide, dass unser Erfolg hauptsächlich mein Verdienst ist. Du bist gut in dem verfluchten Verwaltungskram – von den Erfordernissen des Marktes hast du hingegen keinen blassen Schimmer!«

»Das ist meine letzte Warnung. Im Zweifel lege ich den kompletten Server lahm.«

Ein gehöriger Schreck durchfuhr Alexander. »Tu das nicht!«, bat er und beschloss, seinen Partner einzuweihen. »Marie ist entführt worden. Die App ist meine größte Chance, sie zu finden.«

»Entführt?«, wiederholte Felix ungläubig. »Ist das dein Ernst?«

»Ich werde es dir erklären, sobald Marie wieder da ist. Aber funk mir bitte nicht dazwischen.«

»Und das ist keine blöde Ausrede?«

»Nein.«

»Oh mein Gott. Das tut mir leid. Hast du die Polizei informiert?«

Ein Gefühl riet ihm, diesen Punkt nicht wahrheitsgemäß zu beantworten. »Das hat der Entführer untersagt. Deswegen bin ich ja auf die App angewiesen.«

»Melde dich bei mir, falls ich etwas tun kann«, bot ihm Felix an.

»Vor allem benötige ich dein Verständnis.«

»Klar. Hätte ich das vorher gewusst, wäre ich nicht so ausgerastet. Entschuldige!«

∗ ∗ ∗

Am Präsidium stieg Gruber in Katharinas Auto.

»Ich hoffe, Ihnen fällt es nicht allzu schwer, diesen Weg zu fahren«, sagte er, nachdem er den Sicherheitsgurt angelegt hatte.

»Nein«, beruhigte sie ihn. »In den ersten Wochen nach dem Unfall bin ich die Strecke oft gefahren, um mich dabei meiner Tochter nahe zu fühlen.« Mehr musste er nicht über ihre damalige Gemütslage wissen. »Doch was versprechen Sie sich davon?«

»Ich will einen Eindruck gewinnen, ob ein absichtlich herbeigeführter Unfall überhaupt möglich gewesen wäre.«

»Ist Frank mit Ihnen die Akten durchgegangen?«, fragte Katharina.

»Ja. Die meisten Ermittlungen waren in sich schlüssig.«

»Die meisten?«, wunderte sich die Kommissarin. »Glauben Sie, wir haben in einem Fall geschlampt?«

»So war das nicht gemeint. Ich versuche bloß, das alles in einem Szenario zu sehen, in dem Johanna Jenning Sie als Kontrahentin auserwählt hat.«

In den nächsten Minuten präsentierte er ihr seine Theorie, wonach Jenning eine durchs Land ziehende Serienmörderin sei, der der beim Töten erzielte Rausch inzwischen nicht mehr ausreiche. Sie wolle sich messen, einen würdigen Gegner besiegen und diesen dann zur Strecke bringen. In Katharina habe sie eine ebenbürtige Kontrahentin gefunden. So habe Johanna zunächst Katharinas Familie ermordet, um das Leben der selbst erwählten Feindin zu zerstören und diese psychisch zu brechen. Wider Erwarten habe sie aber feststellen müssen, dass nach dem Mord nichts dergleichen passiert sei.

»Insofern wäre es eigentlich logisch, dass sie irgendwann einen zweiten Versuch startet, Ihr Leben auszulöschen. Vielleicht hatte sie auch gehofft, dass Sie ihr im Rahmen der Untersuchung eines bestimmten Falls näherkommen würden.«

»An welchen speziellen Fall denken Sie?«

»Das Familiendrama vor einigen Monaten. Ein Vater tötet Frau und Tochter, indem er sie mit einem Kissen erstickt. Anschließend erschießt er sich selbst. Ungewöhnlich finde ich allerdings die Rückstände des Barbiturats, die der Gerichtsmediziner im Blut der beiden weiblichen Opfer gefunden hat. Ein Mittel, das häufig in K.-o.-Tropfen enthalten ist.«

»Unserer Vermutung nach hat der Vater sie außer Gefecht gesetzt, um sein Werk in Ruhe zu vollenden.«

»Scheint mir auch die naheliegende Schlussfolgerung zu sein. Doch wenn man meine kühne Theorie heranzieht, könnte Jenning die beiden Familienmitglieder damit betäubt haben, um ungestört mit dem Mann reden zu können.«

»An der rechten Hand des Täters waren Schmauchspuren. Er hat definitiv selbst abgedrückt.« Grubers Überlegungen gefielen Katharina nicht. Falls er recht hatte, würde das bedeuten, dass sie einen Ermittlungsfehler begangen hatte.

»Und falls er dazu gezwungen worden ist, da Jenning ihm versprochen hat, zumindest seine Familie zu verschonen?«

»Zu weit hergeholt. Zumal sie vorab nicht hätte wissen können, ob ich die Ermittlungen übernehme.«

»Das ist der Schwachpunkt meiner Theorie«, bekannte er. »Erzählen Sie mir von dieser vermeintlichen Entführung.«

Katharina berichtete ihm alles Wissenswerte.

»Also glauben Sie, die Tat ist vorgetäuscht?«

»Ja.«

»Kannte irgendjemand die Verbindung zwischen Ihnen und Herrn Risse?«

»Ich habe niemandem davon erzählt.« Sie hielt am Straßenrand an und zeigte auf ein dreistöckiges Gebäude. »Hier habe ich gewohnt.«

Schweigend fuhren sie die Strecke bis zum Unfallort. Als sie an einem Fast-Food-Restaurant vorbeikamen, deutete

Gruber darauf. »Gab es diese Filiale schon damals oder ist sie neu?«

»Der Laden existiert bereits ewig. Möchten Sie etwas essen?«

»Vielleicht später.«

* * *

Tatsächlich bat Gruber sie nach Besichtigung der Unfallstelle, am Schnellrestaurant anzuhalten. Statt eines Burgers bestellte er allerdings lediglich einen Muffin und einen Kaffee.

»Was denken Sie?«, fragte Katharina.

»Wäre Ihr Mann bei schlechten Straßenverhältnissen und mit Ihrer Tochter im Auto so schnell unterwegs gewesen, dass ein geplatzter Reifen zu dem tragischen Unfall geführt haben könnte?«

Laut den damaligen Schlussfolgerungen war ein geplatzter Reifen der Auslöser der Tragödie gewesen – wobei der genaue Unfallhergang wegen des ausgebrannten Fahrzeugwracks nicht hatte ermittelt werden können.

»Das habe ich damals auch bezweifelt. Er nahm aufgrund eines chronischen Rückenleidens starke Schmerztabletten. Ich vermute, ihm ist zum ungünstigsten Zeitpunkt ein schmerzhafter Stich in den Rücken geschossen, weswegen er die Kontrolle über den Wagen verloren hat.«

»Ist ihm so etwas jemals beim Autofahren passiert?«

»Meines Wissens nicht. Sonst hätte ich Autofahrten mit Sarah untersagt.«

»Stellen Sie sich vor, jemand überholt und schneidet ihn plötzlich. Hätte er wohl instinktiv das Steuer herumgerissen, um eine Kollision zu vermeiden?«

»Kann sein.«

Gruber nippte an seinem Kaffee. »Hat Sie nach dem Unfall eine unbekannte Frau kontaktiert und ihre Hilfe angeboten?«

Katharina kräuselte die Stirn. »Das ist alles schon so lange her.« Sie stand auf und ging zur Verkaufstheke, um sich einen Nachtisch zu holen, obwohl sie wegen des Trainings eigentlich nichts hatte essen wollen.

»Ich erinnere mich an einen seltsamen Anruf«, sagte sie, nachdem sie zum Tisch zurückgekehrt war. »Eine Frau rief im Auftrag einer Selbsthilfegruppe für Eltern an, deren Kinder gestorben sind. Ich habe sie ziemlich brüsk abgewimmelt. Keine Ahnung, woher diese Person meine Nummer hatte.«

19

Dreißig Minuten vor Ablauf der ersten Frist arbeitete Alexander konzentriert am Laptop und sichtete die über die Handyapp eingegangenen sechzig Hinweise. Einige von ihnen konnte er aufgrund der Ortsangaben ausschließen, andere klangen jedoch realistisch. Katharina hatte sich mehrfach gemeldet, aber die Fahndung der Polizei nach Burmeisters Auto hatte bislang noch nichts ergeben.

Als sein Smartphone piepste, griff er geistesabwesend danach.

»Wer hat dir geschrieben?«, fragte Hannah, die spätnachmittags ein ausgiebiges Bad genommen und die letzten zwei Stunden weitestgehend stumm vor sich hingebrütet hatte.

»Die Nummer kenne ich nicht.« Mit dem Zeigefinger tippte er das Symbol der neuen SMS an. »Öffne Skype«, las er den kurzen Text laut vor.

»Hat Konstantin die Nachricht geschickt?«

»Woher soll ich das wissen?«, entfuhr es ihm gereizt.

»Deswegen musst du mich nicht so blöd anmachen!«

Mittlerweile waren Spannungen zwischen ihnen aufgetreten, die Alexander unerklärlich fand. Hannah schien ihm die Schuld für die Situation zu geben. Er verzichtete darauf, zu kontern, und startete stattdessen Skype. Es dauerte nur ein paar Sekunden, bis ihm ein eingehender Videocall des Nutzers *KonsBur* angezeigt wurde.

»Dein Mann ruft an«, erklärte er.

Alexander ließ ihn einige Augenblicke zappeln, ehe er das Gespräch annahm. In dem Bildausschnitt sah er lediglich Konstantin.

»Guten Abend«, begrüßte ihn Burmeister aufgesetzt freundlich. »Ist meine holde Gattin ebenfalls anwesend?«

»Ich bin hier«, bestätigte sie aus dem Hintergrund rufend.

»Sehr schön! Zunächst habe ich eine einfache Bitte. Schaltet jetzt beide eure Handys während unseres Gesprächs aus.«

Alexander hinterfragte nicht den Sinn der Aktion. Er hielt sein Telefon so vor die im Laptop integrierte Webcam, dass sein Gegenspieler beobachten konnte, wie das Gerät nach dem entsprechenden Knopfdruck und einer notwendigen Bestätigung heruntergefahren wurde.

»Braves Hündchen«, verhöhnte ihn Burmeister. »Schatz, ich würde gern dein hübsches Antlitz sehen.«

»Leck mich!«, zischte sie wütend.

Ihr Mann lachte. »Hat das dein Lover nicht gemacht?«

Statt ihm zu antworten, stand sie auf und trat vor die Kamera, um seiner Aufforderung nachzukommen.

Übertrieben begeistert klatschte er in die Hände, nachdem der Bildschirm ihres Smartphones dunkel geworden war. »Diese Aufgabe habt ihr bravourös gemeistert«, lobte er. »Bei einem anderen Auftrag seid ihr allerdings gescheitert. Alexander, erinnerst du dich, was ich bei unserem ersten Telefonat verlangt habe?«

»Wovon reden Sie?«

»Muss ich dir also auf die Sprünge helfen. Ihr solltet die Distanz zu mir um fünfundzwanzig Prozent verkürzen. Tatsächlich habt ihr sie jedoch bloß um fünfzehn Prozent reduziert. Ziel verfehlt.«

»Wir wissen inzwischen, dass Sie und Marie ein fieses Spiel mit uns treiben.«

»Wirklich?« Er blickte über die Schulter. »Wir sind aufgeflogen«, rief er. Dann schaute er in die Webcam. »Ich verstehe nicht, was deine Frau sagt. Ob das am Knebel in ihrem Mund liegt?«

Ehe Alexander etwas erwidern konnte, erhob sich Burmeister und machte einen Schritt nach hinten. Das Bild wackelte, anscheinend hob er den Laptop in die Höhe. In dem dunklen Ausschnitt war für einen Moment nichts zu erkennen.

»Oh mein Gott«, stöhnte Alexander plötzlich. »Marie!« Er hatte seine Frau entdeckt, die an einen Stuhl gefesselt war.

Der Computer wurde auf dem Boden abgestellt und der Bildschirm so geschwenkt, dass die Kamera das Entführungsopfer von unten einfing. Hannahs Ehemann trat wieder in den Bildausschnitt, ein Jagdmesser in der Hand. Er positionierte sich hinter dem wehrlosen Opfer.

»Du glaubst ernsthaft, dein Schatz und ich haben uns verbündet?«, fragte er, während er die gezackte Klinge an Maries Hals presste.

»Tu das nicht!«, rief Alexander.

Doch trotz dieser Bitte drückte Burmeister ihr das Messer so tief in die Haut, dass Blut hervortrat. Sie stieß einen schmerzerfüllten Schrei aus, der von dem Knebel in ihrem Mund gedämpft wurde.

»Ich habe dich gewarnt!«, brüllte Burmeister, der schlagartig seine freundliche Maske fallen ließ. »Wenn du meine Vorgaben nicht erfüllst, wirst du bestraft. Deine Strafe besteht darin, hilflos dabei zuzusehen, was ich mit ihr anstelle.«

»Nein! Bitte nicht! Ich mache alles, was Sie verlangen, aber lassen Sie Marie in Ruhe!««

Die Zeit schien stehen zu bleiben, bis er sich hinunterbeugte und der Gefesselten etwas ins Ohr flüsterte, die schreckerfüllt reagierte.

»Eine überraschende Wendung«, stellte der Entführer fest. »Deine Frau hat nichts dagegen, mir ein wenig Entspannung zu verschaffen – jedenfalls habe ich gerade kein »nein« vernommen.«

Burmeister knöpfte seine Hose auf. »Hältst du eine weitere Forderung nicht ein, wird sie das nächste Mal mehr leiden«, drohte Hannahs Ehemann, bevor er einen schnellen Schritt nach vorn machte und die Verbindung trennte.

20

Ungeduldig rüttelte Katharina am Griff der Haustür. Sie hatte inzwischen mehrfach versucht, Alexander oder Hannah per Handy zu erreichen. Beide Telefone waren jedoch ausgeschaltet.

Der Kriminalpsychologe Gruber war auf eigenen Wunsch hin mitgekommen. Er wollte persönlich mit den Betroffenen sprechen und ihnen Fotos von Johanna Jenning zeigen. Natürlich gab es keine Anzeichen, dass die ehemalige BKA-Beamtin die Drahtzieherin hinter der Entführung war. Trotzdem erschien es Katharina gerechtfertigt, dem Liebespaar Bilder der Gesuchten vorzulegen.

Weil ihr nicht geöffnet wurde, drückte sie erneut auf die Klingel. In der unteren linken Wohnung des Vierfamilienhauses brannte Licht, insofern wunderte sie sich über die ausbleibende Reaktion.

»Niemand zu Hause?«, fragte Gruber.

Ehe sie darauf antworten konnte, ertönte endlich der Türsummer.

Hannah wartete an der Wohnungstür. Katharina bemerkte sofort, wie niedergeschlagen sie wirkte.

»Ist etwas passiert?«

Die Angesprochene nickte nur und ging voran ins Wohnzimmer, wo ihr Geliebter apathisch auf der Couch saß.

»Was ist los? Weswegen seid ihr telefonisch nicht erreichbar?«

Er richtete den Blick nach oben und verzog gequält seinen Mund.

»Rede!«, forderte Katharina.

»Der Mistkerl hat Marie vergewaltigt«, flüsterte Alexander.

»Woher willst du das wissen?«

»Wir waren quasi live dabei.«

Nachdem ihnen die beiden erzählt hatten, was vorgefallen war, suchte die Kommissarin nach den richtigen Worten. »Möglicherweise hat er deiner Ehefrau gar nichts angetan«, gab sie zu bedenken.

Trotzig verschränkte Alexander die Arme vor der Brust. »Bemüh dich nicht. Ich habe gesehen, was ich gesehen habe. Er hat seine Hose heruntergelassen und war definitiv bereit, es zu tun.«

»Bislang hatte ich keine Gelegenheit, mich vorzustellen«, mischte sich nun Gruber ein. »Mein Name ist Mark Gruber. Ich arbeite als Kriminalpsychologe fürs BKA. Im Rahmen meiner Tätigkeit habe ich oft mit Vergewaltigern zu tun. Diesem Tätertypus geht es fast nie um den sexuellen Akt an sich, sondern vielmehr um eine Machtdemonstration. Die meisten Täter hätten Sie in der von Ihnen beschriebenen Situation zuschauen lassen. So hätte er Ihnen nämlich Ihre Machtlosigkeit vor Augen führen können.«

In Alexander schien ein Funken Hoffnung aufzuglimmen. »Meinen Sie wirklich?«

»Ich bin mir ziemlich sicher.«

»Was hat eigentlich ein Psychologe hier zu suchen?«, erkundigte sich Hannah.

»Es besteht möglicherweise eine Verbindung zu einem anderen Fall«, erklärte Katharina. »Falls tatsächlich eine Entführung vorliegt, handelt Konstantin eventuell nicht allein.«

Gruber holte aus seiner Aktentasche eine Mappe heraus. »Ich würde Ihnen gern Fotos von einer Frau zeigen. Mich interessiert, ob Sie diese Person kennen.« Er schlug den Hefter auf und entnahm ihm drei Aufnahmen. Dazu gehörte der in Hamburg aufgenommene Schnappschuss, außerdem zwei vom BKA aus der Personalakte bereitgestellte Fotografien.

Alexander schaute sich die Bilder zuerst an.

»Betrachten Sie vor allem das Gesicht«, riet ihm Gruber. »Haare lassen sich leicht verändern.«

»Tut mir leid«, meinte Alexander nach einer Weile. »Ich bezweifle, ihr jemals begegnet zu sein. Wer ist das?« Er reichte Hannah die Aufnahmen.

»Eine Verdächtige in einem ähnlichen Fall«, behauptete der BKA-Mitarbeiter.

Hannah ließ sich mehr Zeit, doch schließlich schüttelte sie den Kopf, ehe sie die Fotos zurückgab. »Sorry. Da klingelt nichts bei mir.«

»Haben Sie in den letzten sechs oder acht Wochen eine Frau kennengelernt und näheren Kontakt zu ihr gehabt?«, bohrte Gruber nach.

»Die Einzige, die mir einfällt, ist eine neue Teilnehmerin beim Spanischkurs«, sagte Hannah. »Der Kurs läuft schon einige Semester, die aufeinander aufbauen. Aber nach den Sommerferien ist eine etwa Fünfunddreißigjährige dazugestoßen. Wobei ihre Sprachkenntnisse besser sind als die der restlichen Teilnehmer.«

»Könnte sie es sein?« Der Kriminalpsychologe hielt ihr noch einmal die Bilder hin.

Hannah griff danach. »Von der Figur her könnte es passen. Das Gesicht sieht allerdings anders aus.«

»Wer veranstaltet den Sprachkurs?«

»Die VHS. Ich könnte Ihnen die Telefonnummer des Kursleiters geben. Die habe ich in meinem Handy abgespeichert.«

»Perfekt. Was ist mit dir?«, fragte Katharina dann an Alexander gewandt.

»Von flüchtigen Begegnungen abgesehen fällt mir niemand ein.«

»Schade. Ich habe übrigens Erkundigungen wegen Felix eingeholt.«

»Wieso das?«

»Vielleicht will er dich durch Maries Verschwinden unter Druck setzen. Oder er hat womöglich darauf spekuliert, du würdest in einer Extremsituation den Verkaufsvertrag eher unterschreiben.«

»Kann ich mir nicht vorstellen. Ich traue Felix nicht zu, dass er einen solchen Plan ausgeheckt hat.«

»Wusstest du von seiner Teilnahme an illegalen Pokerrunden?«, ließ sie die Bombe platzen.

»Ernsthaft?«, entfuhr es Alexander überrascht.

»Er ist vor fünf Wochen bei einer Razzia erwischt worden.«

»Davon hat er mir nichts erzählt. Kriegt er Ärger?«

»Theoretisch könnte ihm eine Freiheitsstrafe von maximal sechs Monaten drohen«, erklärte Katharina. »Wahrscheinlicher ist eine Geldstrafe, falls er überhaupt verurteilt wird. Teilnehmern solcher Runden passiert meist nichts, die Verfahren gegen sie werden oft eingestellt. Anders sähe es aus, wenn er der Veranstalter der Pokerrunde gewesen wäre.«

»Wenn er das regelmäßig macht, könnte es erklären, warum er so dringend verkaufen will«, folgerte Alexander.

Katharina nickte. »Morgen früh wird ihn ein Kollege aufsuchen. Dabei wird es vordergründig um die Razzia gehen, doch der eingeweihte Kommissar soll einschätzen, ob dein Geschäftspartner in die Entführung verwickelt sein könnte.«

»Also heißt es, diese Befragung abzuwarten.«

»Ganz im Gegenteil«, entgegnete sie siegessicher lächelnd. »Konstantins Hinweis wird uns möglicherweise entscheidend voranbringen.«

»Welcher Hinweis?«, wunderte sich Hannah.

»Gib mal bei einem Routenplaner deine Adresse und die des Hotels ein, wo ihr heute Vormittag gewesen seid. Ich benötige die genaue Kilometerzahl.«

»Sechsundfünfzig Kilometer«, sagte Alexander wenig später. »Aber was bringt diese Info?«

»Wir wissen, Konstantin war hier und hat gemeinsam mit Marie das Haus verlassen«, half ihm Katharina auf die Sprünge. »Außerdem behauptet er, du hättest die Distanz zu dem Versteck lediglich um fünfzehn Prozent verringert.«

Jetzt endlich verstand Alexander. »Folglich entsprechen die sechsundfünfzig Kilometer fünfzehn Prozent«, stellte er aufgeregt fest. Er öffnete am Laptop den Taschenrechner, dividierte einhundert durch fünfzehn und multiplizierte das Ergebnis mit sechsundfünfzig. »Dreihundertdreiundsiebzig Kilometer.«

»Wir können davon ausgehen, dass das Versteck nicht südlich von Köln liegt«, fuhr Katharina fort. »Andernfalls hättet ihr die Entfernung ja nicht verkürzt, sondern vergrößert.«

»Logisch«, bestätigte Alexander. »Bad Münstereifel befindet sich südlich, daher muss es nördlich sein. Vorausgesetzt, er lügt nicht.«

Katharina sah den Kriminalpsychologen fragend an.

»Ich vermute, er sagt die Wahrheit. Eine solche Jagd dient meist dazu, dem Opfer die eigene Unfähigkeit vor Augen zu führen. Trotz deutlicher Anhaltspunkte soll es Ihnen eben nicht gelingen, rechtzeitig alle Rätsel zu entschlüsseln, damit Sie sich hinterher schuldig fühlen.«

»Trotzdem verstehe ich nicht, inwiefern die Kilometer-angabe weiterhelfen kann«, gestand Hannah.

»Da kommt die App ins Spiel«, erläuterte Alexander. »Ich kann nun sämtliche Angaben, die weiter als die genannte Distanz von Köln entfernt sind, ausschließen. Das wirkt wie ein Filter.«

»Fast richtig«, warf Katharina ein.

»Fast?«

»Ausgangspunkt ist Bad Münstereifel.«

Alexander schlug sich mit der flachen Hand gegen die Stirn. »Bin ich blöd. Natürlich!« Hastig verließ er das Wohnzimmer.

»Wo willst du hin?«, rief sie ihm nach.

»Kleinen Moment.«

Sie hörten, wie er in einem anderen Zimmer mehrere Schubladen öffnete. Kurz darauf kehrte er zurück und hielt triumphierend ein paar Straßenkarten in die Höhe.

»Marie fand es völlig bescheuert, sie in Zeiten von Navigationsgeräten aufzubewahren. Ich hingegen habe immer geahnt, dass sie noch einmal nützlich sein können.«

21

Mitternacht war längst vorbei und Alexander saß immer noch am Tisch. Die Kommissarin und der Kriminalpsychologe waren eine Dreiviertelstunde zuvor gegangen. Hannah trat zu ihrem Geliebten. Vor ihm war eine deutschlandweite Karte ausgebreitet, auf der er einen Halbkreis um Bad Münstereifel herum eingezeichnet und einige Zahlen vermerkt hatte.

»Bis wann wirst du daran arbeiten?«, fragte sie.

»Bis ich alle Nachrichten überprüft habe, die inzwischen eingegangen sind.« Er nahm sich einen dritten Energydrink, riss die Verschlusskappe der Dose auf und trank einen Schluck.

»Das kann wohl noch dauern«, kommentierte sie sein Verhalten.

»Wahrscheinlich. Die App funktioniert grandios.«

»Dann gehe ich jetzt ins Bett. Mir wäre es ganz lieb, auf deiner Seite schlafen zu dürfen.«

»Kein Problem. Meine Hälfte ist die am Fenster.«

Hannah wartete, ob er irgendein Zeichen von Zärtlichkeit zeigen würde, doch stattdessen konzentrierte er sich wieder auf seine Tätigkeit. Trotzdem war sie versucht, ihm einen Kuss zu geben. Da er aber offensichtlich nicht vorhatte, sie ins Schlafzimmer zu begleiten oder ihr wenigstens schöne Träume zu wünschen, unterließ sie es. Es war ohnehin besser, sich emotional von ihm zu distanzieren, denn sie musste in Ruhe nachdenken und eine Entscheidung treffen.

* * *

Um zehn vor drei nachts hatte Alexander es geschafft: Jede eingetroffene Mitteilung war gesichtet. Fast achtzig Prozent der Nachrichten hatten sich als unbrauchbar erwiesen, weil die Ortsangaben zu weit über den Rand des Halbkreises hinausreichten. Die übrigen Meldungen hingegen passten in den Suchbereich, der zunächst noch den gesamten Halbkreis umfasste, solange sie nicht wussten, in welche Richtung sich die beiden bewegt hatten. Er hatte etwa vierzig Hinweisgeber kontaktiert und um nähere Infos gebeten. Vielleicht würde der ein oder andere von ihnen bereits in den Morgenstunden antworten.

Aber viel wichtiger erschien ihm eine andere Erkenntnis: Vierundzwanzig Kilometer vor der berechneten Grenze des Suchgebietes befand sich die Stadt, in der er aufgewachsen war und bis zu seinem neunzehnten Geburtstag gelebt hatte. Zufall? Oder hatte sich Konstantin bei der Prozentzahl möglicherweise verrechnet?

Zwei der Nachrichten sprachen gegen einen Zufall, da die darin enthaltenen Positionsangaben entlang der kürzesten Route zwischen Köln und dieser Kleinstadt lagen.

Alexander gähnte. Den letzten Energydrink hatte er eine Stunde zuvor getrunken, doch trotz des erhöhten Koffeinkonsums forderte der lange Tag nun seinen Tribut. Er schickte Katharina eine SMS, in der er seine Heimatstadt erwähnte. Danach schaltete er den Laptop aus und aktivierte am Handy den Flugmodus. Es wurde Zeit, ein wenig zu schlafen.

An der Schlafzimmertür lehnend betrachtete er Hannah. Das in den Raum fallende Dielenlicht genügte, um sie anschauen zu können. Sie war eine ausgesprochen hübsche Frau, deren Anblick ihn stets erregt hatte. In den vergangenen Monaten hatte er sich mehrfach gewünscht, eine komplette Nacht mit ihr verbringen zu dürfen. Jetzt kam ihm eine Redewendung in den Sinn: Sei vorsichtig, was du dir wünschst – es könnte in Erfüllung gehen.

Für Alexander war ihre Affäre durch die Entführung schlagartig beendet worden. Er hatte seine Ehe zwar als belastend empfunden, doch falls er seine Frau unversehrt zurückbekäme, würde er versuchen, ein treuer Ehemann zu sein. Vorausgesetzt, Marie gab ihm überhaupt noch eine Chance.

Er schlich zur leeren Seite des Bettes und schlug die Decke beiseite. Für einen Moment spürte er den Wunsch, sich an Hannah anzuschmiegen. Bestimmt würde ihm diese körperliche Nähe Trost spenden. Weil er sie jedoch nicht wecken wollte, legte er sich an den Rand der Matratze und wandte sich von ihr ab.

* * *

Das Schwierigste war der Kampf gegen das Einschlafen. Aber Hannah hatte eine Entscheidung getroffen. Egal, was die Kommissarin und der Kriminalpsychologe behaupteten: Ihrer Überzeugung nach hatte Konstantin Marie vergewaltigt und sie mochte gar nicht an die Dinge denken, die er bald mit ihr anstellen würde. Wenn er sie in die Finger bekäme, würde er sie schlimmer misshandeln als Marie. Genau das musste Hannah verhindern. Deswegen wollte sie abhauen, solange sie die Gelegenheit dazu hatte. Konstantin hatte gefordert, dass sie und Alexander ständig beisammenblieben. Also würde ihr Liebhaber versuchen, sie aufzuhalten. Deshalb durfte er unter keinen Umständen etwas von ihrem Vorhaben mitbekommen.

Die Tür zum Schlafzimmer öffnete sich. Ein Lichtstrahl fiel aufs Bett. Hannah bemühte sich um eine flache, gleichmäßige

Atmung. Sie wollte den Eindruck erwecken, in tiefen Schlaf versunken zu sein. Alexander blieb merkwürdig lange an der Tür stehen, dann löschte er das Licht in der Diele und betrat leise das Zimmer. Schön, dass er so viel Rücksicht auf sie nahm. Fast zweifelte sie daran, die richtige Entscheidung getroffen zu haben – doch letztlich siegte die Angst vor der Rache ihres Mannes. Sie musste zumindest so lange untertauchen, bis er verhaftet wurde.

Eine Ewigkeit später schien Alexander endlich eingeschlafen zu sein. Leise Schnarchgeräusche deuteten darauf hin, dass er nicht simulierte. Trotzdem wartete Hannah noch ein paar Minuten, ehe sie den Mut fand, vorsichtig die Bettdecke beiseitezuschlagen. Die Kleidung hatte sie im Badezimmer ausgezogen und liegen lassen, weswegen sie nach dem Aufstehen zügig den Raum durchqueren konnte. An der Tür hielt sie kurz inne. Nun kam der wohl kritischste Teil ihres Unterfangens. Es gelang ihr, die Klinke geräuschlos hinunterzudrücken. Ihr Herz raste vor Aufregung, während sie aus dem Zimmer schlüpfte. Sollte er wach werden, würde sie behaupten, die Toilette aufsuchen zu müssen. Aber noch regte er sich nicht. Hannah schloss die Schlafzimmertür von außen und lauschte. Es war vollkommen still in der Wohnung.

Nachdem die erste Hürde gemeistert war, verlor sie keine Zeit mehr. Rasch huschte sie ins Bad und zog sich in Windeseile an. Dann lief sie zur Wohnungstür und verließ Alexanders Zuhause, ohne sich umzudrehen.

22

Punkt halb sieben riss der Weckton des Handys Alexander aus wirren Träumen. Schlaftrunken tastete er nach dem Handy und stellte den Alarm ab. Danach drehte er sich zur Seite. Überrascht stellte er fest, dass niemand neben ihm lag.

»Hannah?«

Er bekam keine Antwort. Beunruhigt beeilte er sich, aus dem Bett zu steigen. Er deaktivierte den Flugmodus, um wieder erreichbar zu sein, und schlurfte zum Badezimmer. Die Tür war geschlossen, bestimmt war sie da drin.

»Hannah?«

Noch immer antwortete sie nicht.

»Ich komm jetzt rein.«

Sofort bemerkte er die fehlende Kleidung. Böses ahnend eilte er ins Wohnzimmer. Auch dort fehlte jede Spur von ihr.

»Wo bist du?«, flüsterte er.

Als sein Smartphone piepste, rannte er zurück ins Schlafzimmer. Aber nicht Hannah hatte ihm eine Mitteilung geschickt, sondern Katharina.

Deine Vermutung klingt interessant. Ruf an, sobald du wach bist.

Er wählte Hannahs Rufnummer an. Wenige Sekunden später hörte er ihr Mobiltelefon im Wohnzimmer klingeln.

»Oh nein!«, murmelte Alexander verzweifelt. »Das hast du nicht wirklich gemacht.«

In der schwachen Hoffnung, dass sie lediglich in der nahe gelegenen Bäckerei Brötchen holte, wartete er noch einige Minuten ab. Dann hielt er es nicht mehr aus und kontaktierte Katharina.

»Hannah ist verschwunden«, teilte er ihr niedergeschlagen mit.

»Was heißt ›verschwunden‹?«

»Als ich mich um drei Uhr nachts ins Bett gelegt habe, war sie noch da. Heute Morgen nicht mehr. Ihre Klamotten sind weg, ihr Handy hat sie allerdings hier gelassen. Wahrscheinlich vergessen.«

»Verdammt!«, fluchte die Kommissarin. »Das darf nicht wahr sein!«

»Ich fürchte, das gestrige Videotelefonat hat sie in Panik versetzt.«

»Die Sache wächst uns langsam über den Kopf«, gestand Katharina. »Bleib, wo du bist. Ich werde wohl mindestens einen zusätzlichen Kollegen hinzuziehen müssen.«

* * *

Mark Gruber blickte in Köln aus dem Fenster seines Hotelzimmers und dachte über sein chaotisches Leben nach. Vor einigen Monaten hatte Beate realisiert, dass er nur wegen seiner Schuldgefühle bei ihr geblieben war. Die Liebe, die er zumindest am Anfang für sie empfunden hatte, hatte sich verflüchtigt. Im Gegensatz zu ihm war sie sehr konsequent damit umgegangen, indem sie ihn gebeten hatte, auszuziehen. Finanziell hatten sie sich geeinigt, doch ihr Kontakt bestand mittlerweile nur noch aus seltenen E-Mails, was ihm in Bezug auf ihre Tochter schwer zu schaffen machte. Seitdem verbrachte er viele Nächte in Hotelzimmern, wenn er nicht gerade in Hamburg seinen Vater besuchte.

Vor dem Gebäude standen mehrere Bäume, deren Blätter sich sanft im Wind wiegten. Unwillkürlich erinnerte ihn das an den letzten Herbst, als er mit Beate und Anastasia an der Ruhr einen Drachen hatte steigen lassen. Er vermisste das kleine Mädchen, das so herzlich lachen konnte, mehr als die Mutter. Ein klares Zeichen dafür, wie vernünftig Beates Entscheidung gewesen war.

Um diese störenden Gedanken abzuschütteln, wandte er sich vom Fenster ab und griff zu einer auf dem Bett liegenden Mappe.

Johanna Jenning. Jagte er einem Phantom hinterher oder hatte sie tatsächlich all die Morde begangen? Steckte sie hinter dem Unfalltod von Julius Rosenberg und dessen Tochter? War sie möglicherweise sogar die Drahtzieherin der aktuellen Entführung?

Obwohl konkrete Beweise fehlten, sagte ihm sein Instinkt, dass er der richtigen Fährte folgte.

Es war zu einer persönlichen Herausforderung für ihn geworden, die ehemalige BKA-Beamtin zu überführen. Sobald er dies geschafft hätte, würde er den Dekan des Kriminalistik-Lehrstuhls an der Hamburger Universität anrufen, um die Chancen auszuloten, wieder Vorlesungen zu halten. Er wollte die Fallanalytik nicht aufgeben, allerdings durfte sie nicht sein einziger Lebensinhalt bleiben. Denn sonst würde er irgendwann jegliche Motivation verlieren.

Sein Handy vibrierte und übertrug Oberkommissarin Rosenbergs Rufnummer.

»Es gibt neue Entwicklungen«, teilte sie ihm nach der Begrüßung mit.

Gespannt hörte Gruber zu, was sie zu erzählen hatte, ehe er versprach, in spätestens zwanzig Minuten vor Ort zu sein.

* * *

Mit fünf Personen wurde es eng am Küchentisch. Katharina hatte Daniel Schult ebenfalls ins Team geholt und ihn eingeweiht. Als sie ihm mitgeteilt hatte, dass sie Alexander von früher kannte, hatte er keine auffällige Reaktion gezeigt.

»Marie ist erledigt«, befürchtete Alexander. »Burmeisters Bedingung war eindeutig. Hannah und ich hätten zusammenbleiben müssen.«

»Wir wissen noch immer nicht, ob das alles nicht nur vorgetäuscht ist«, erinnerte ihn Katharina.

»Glaubst du das wirklich?«

»Ich schließe es zumindest nicht aus«, entgegnete sie.

»Aber wie willst du ihm Hannahs Verschwinden erklären?«, fragte er.

»Frank und ich haben auf dem Weg hierher darüber gesprochen«, begann sie. »Ich sehe Hannah sehr ähnlich. Ich habe die gleiche körperliche Statur und eine vergleichbare Frisur. Wenn ich im Auto eine Mütze und eine Sonnenbrille trage, werde ich von Weitem genauso aussehen wie Hannah.«

»Du willst dich als sie ausgeben?«, wunderte sich Alexander.

»Falls er dich beobachten lässt, sollten wir in die Trickkiste greifen.«

»Wenn das mal klappt«, seufzte er mutlos.

»Sie haben gestern Nacht großartige Arbeit geleistet«, lobte ihn Gruber aufmunternd. »Ich halte es für ziemlich wahrscheinlich, dass es den Entführer in Ihre Geburtsstadt verschlagen hat. Er will Sie vorführen. Es in der Stadt zu tun, in der Sie aufgewachsen sind, würde ein solches Vorhaben abrunden.«

»Also fahren wir hin«, folgerte Alexander.

»Zunächst einmal geht es zu den beiden Tippgebern, deren Angaben perfekt zu deiner Theorie passen. Danach beratschlagen wir uns erneut.«

»Kommen alle mit?«, vergewisserte er sich.

Katharina nickte. »Die Kollegen folgen uns in zwei Fahrzeugen.«

23

»Ich möchte eine ehrliche Einschätzung«, bat Alexander.

Sie waren vor einer Viertelstunde aufgebrochen und würden bis zur ersten Tippgeberin ungefähr eine Stunde benötigen. Vorläufig saß der besorgte Ehemann hinterm Steuer, obwohl sich Katharina als Beifahrerin grundsätzlich unwohl fühlte, weil sie zur Untätigkeit verdammt war. Sie trug eine von Maries Mützen und ihre eigene Sonnenbrille.

»Wegen des Videoanrufs?«, vermutete sie.

»Genau.«

Katharina suchte nach den richtigen Worten. »Mich macht stutzig, dass er die Verbindung getrennt hat. Es wäre doch viel schlimmer gewesen, Zeuge einer Vergewaltigung zu werden, ohne sie verhindern zu können. Natürlich kann es sein, dass er nicht von deiner Reaktion gestört werden wollte. Bestimmt hättest du gebettelt, gefleht und ihm gedroht.«

»Nicht unbedingt in dieser Reihenfolge.«

»Daher schwanke ich in meiner Meinung. Für einen Bluff geht das alles sehr weit. Vielleicht zu weit. Andererseits könnte ich mir vorstellen, dass deine Frau dich mittlerweile sehr hasst und dir wehtun will.«

Eine Weile schwiegen die beiden. Katharina blickte in den Außenspiegel und sah den zivilen Polizeiwagen etwa zweihundert Meter hinter ihnen. Das Auto des Kriminalpsychologen entdeckte sie nicht. Frank würde jedoch darauf achten, ihn nicht zu verlieren.

»Warum betrügst du deine Frau?«, fragte sie schließlich neugierig. »Wäre es nicht besser, die Beziehung zu beenden, wenn dir etwas fehlt?«

»So einfach ist das nicht«, behauptete er. »Ich liebe Marie. Ich habe sie nur zu überstürzt geheiratet. Sie hat damals darauf gedrängt, meine Ehefrau zu werden. Irgendwann habe ich nachgegeben.«

»Wie passt lieben und betrügen zusammen?«

»Ich kann diesem Monogamiescheiß nichts abgewinnen. Sex ist die tollste Sache der Welt. Mit jemand Neuem im Bett zu landen, ist so unfassbar aufregend. Die Reaktionen auf meine Berührungen zu erleben. Die Vorlieben herauszufinden. Du warst zum Beispiel am Anfang echt gehemmt.«

»Was für ein schönes Kompliment«, entgegnete sie sarkastisch.

»Aber dann bist du aufgetaut und warst so wild.« Er lächelte bei dieser Erinnerung.

Plötzlich piepste Hannahs Handy. Katharina griff danach und öffnete die eingegangene Kurznachricht.

»Ihr seid also unterwegs«, las sie den Text vor. »Hat dir der gestrige Videocall genauso viel Spaß gemacht wie mir?«

Von ihrem eigenen Telefon aus informierte sie das Kommissariat und ordnete eine Ortung der Rufnummer an. Doch noch bevor sie bei der ersten Zwischenstation ihrer Reise ankamen, erhielt sie die Information, dass der Anschluss nicht zu orten sei.

* * *

Die Zeugin, die über die App eine Nachricht geschickt hatte, empfing sie in ihrer Wohnung. Sie trug ein etwa dreijähriges Kind auf dem Arm, das sich verschüchtert an die Schulter der

Mutter drückte. Alexander hatte sie vor der Abfahrt telefonisch kontaktiert und sie um ein Treffen gebeten.

»Stimmt es, dass ich etwas gewonnen habe?«, fragte die Frau skeptisch.

»Je nachdem, was Sie beobachtet haben«, erklärte Alexander.

Die junge Mutter bat ihre Gäste in die Küche, wo sich das benutzte Geschirr türmte.

»Entschuldigen Sie die Unordnung. Ich bin nicht zum Spülen gekommen.«

»Können Sie beschreiben, wo Sie die beiden Personen unseres Spiels gesehen haben?«, erkundigte sich Katharina ohne Umschweife.

»Oh. Hätte ich auf dem Parkdeck des Supermarkts zwei Leute sehen müssen? Ich kann mich nämlich nur an die hübsche Frau erinnern.«

»War sie allein?«

»Ja. Sie hatte eine Tüte vom Bäcker in der Hand und schien einen Wagen anzusteuern. Mir ist sie deswegen aufgefallen, weil sie mir bekannt vorkam. Hat sie vor ein paar Jahren bei GNTM mitgemacht?«

»Bei was?«

»Na, bei dieser Sendung von der Klum.«

»Garantiert nicht«, sagte Alexander.

»Ich hätte darauf gewettet. Na ja. Als ich die Handybenachrichtigung mit dem Foto bekommen habe, glaubte ich, sie zu erkennen. Ich dachte, sie wäre ein Promi.«

»Was für Kleidung hat die Frau getragen?«, wollte Katharina wissen.

»Hm«, grübelte die Zeugin. »Nichts Auffälliges. Aber eigentlich habe ich nur aufs Gesicht geachtet.«

»Puh«, stöhnte Alexander, als sie das Haus verließen. »Das war ja wohl eher ein Flop.«

»Mit so ungenauen Beschreibungen von Zeugen muss ich mich regelmäßig herumplagen. Die Beobachtungsgabe der meisten Leute ist sehr beschränkt.«

»Glaubst du, sie ist Marie tatsächlich begegnet?«

»Falls ja, spricht das wieder gegen die Entführungstheorie.«

Katharina lief auf das Auto zu, in dem Frank und Daniel saßen. Gruber hatte direkt dahinter geparkt und kam zu ihnen. Die Kommissarin erzählte ihnen von der Begegnung mit der jungen Mutter. Dann beschlossen sie, zum nächsten Tippgeber zu fahren, ehe sie ein endgültiges Urteil fällen würden.

* * *

Der Mann trug einen schwarzen Overall und stand an der Kasse der kleinen Tankstelle.

»Herr Abel?«, vergewisserte sich Alexander.

»So isses«, bestätigte er. »Womit kann ich Ihnen helfen?«

»Wir kommen wegen der Statusmeldung bei *WhereYouAre*.«

»Ah, das Pärchen, das Sie lokalisieren wollen.«

»Ja.«

»Eine tolle App. Was passiert eigentlich, wenn an einem Tag zehn Kunden melden, dass sie mich hier an der Tankstelle gesehen haben und ich das genauso oft bestätige? Bekomme ich dafür zehn Coins?«

»Nein. Einen Coin gibt es lediglich für die erste Sichtung. Einen zweiten würden Sie erhalten, sobald jemand Sie mindestens fünf Kilometer entfernt ausmacht.«

»Ich hab's befürchtet.«

»Zurück zu unserem Testpaar. Können Sie die Kleidung der Frau beschreiben?«

Zwar musste der Tankwart einen kurzen Moment nachdenken, doch seine anschließende Beschreibung passte auf die Bluse und Jeanshose, die in Maries Kleiderschrank gefehlt hatten.

»Können Sie sich noch an etwas anderes erinnern?«, fragte Katharina.

»Als der Fahrer bezahlte, hat seine Begleiterin einen Snack aus dem Kühlregal geholt. Das fand er wohl überflüssig und sagte sinngemäß, sie würde auf den letzten zweihundert Kilometern kaum verhungern.«

»Zweihundert?«, bohrte sie nach.

Ihr Gesprächspartner nickte nachdrücklich.

»Wunderbar!«, freute sich Alexander. »Sie haben uns sehr geholfen. Mit Freischaltung der Komplettfunktion schreiben wir Ihrem Konto fünfhundert Coins gut.«

»Amen!«, erwiderte der Mann zufrieden. »Aber nicht vergessen!«

In der Nähe der Tankstelle befand sich ein Baumarkt, auf dessen weitestgehend leerem Parkplatz sie sich beratschlagten.

»Die Kilometerangabe passt hervorragend«, stellte Alexander fest. »Ich bin mir sicher, er hat Marie in meine alte Heimat gebracht.«

»Einiges spricht dafür«, bestätigte Katharina.

»Also konzentrieren wir uns auf diese Spur?«, schloss Daniel.

»Lasst uns so vorgehen: Ihr drei fahrt in die Stadt und informiert die örtliche Polizei. Alexander und ich brechen jetzt erst mal in die falsche Richtung auf und nehmen ein paar Umwege, damit Burmeister nicht vorgewarnt ist, dass wir ihn durchschaut haben. Unterwegs erstellt Alexander eine Liste der Orte, die in seiner Kindheit und Jugend eine wichtige Rolle gespielt haben. Grundschule, weiterführende Schule, sein Elternhaus, Jugendclubs. All so was. Sobald ihr dort angekommen seid, übermitteln wir euch die Aufstellung. Die nächste Frist läuft erst am späten Abend ab und wir müssen bis dahin nur fünfzig Prozent der Gesamtdistanz verkürzt haben. Um euch genug Zeit zu verschaffen, werden wir frühestens gegen Mitternacht bei euch eintreffen. Keine Ahnung, wie viel Personal die Kollegen zur Verfügung stellen können, doch vielleicht schafft ihr es ja, einige der Orte bereits selbst zu überprüfen.«

»Sollen wir ihnen unsere Zweifel mitteilen?«, fragte Frank.

»Behaltet die besser für euch«, empfahl Katharina. »Sonst wird deren Motivation zur Amtshilfe nicht sonderlich groß sein.«

* * *

Als sie wieder auf der Autobahn waren, klingelte Katharinas Handy.

»Guten Morgen, liebe Kollegin! Saller hier.«

»Jan!«, begrüßte sie den Kommissar des Betrugsdezernats erfreut. »Hast du mit dem Verdächtigen gesprochen?«

»Er war gar nicht begeistert, dass er wegen der Pokerrazzia Besuch von der Polizei bekommen hat. Sein Anwalt hatte ihm wohl versichert, die Sache würde im Sande verlaufen.«

»Unverhofft kommt oft«, sagte sie lachend. »Was für einen Eindruck hattest du von ihm?«

»Er war sichtbar nervös und hat gestanden, bereits zuvor an zwei anderen Pokerrunden teilgenommen zu haben. Einer der Veranstalter war uns übrigens bislang völlig unbekannt. Den werden wir demnächst hochnehmen. Insofern hat sich der Besuch gelohnt.«

»Meinst du, er hat viel Geld verloren?«

»Nein. Laut seiner Aussage insgesamt zweitausendfünfhundert. Das ist quasi nichts bei illegalen Runden.«

»Und du glaubst ihm?«

»Ich hatte das Gefühl, dass er komplett die Hosen vor uns runtergelassen hat. Das war ehrlich. Falls ich mich doch täusche, müsste er schon ein verdammt guter Schauspieler sein.«

»Gab es denn Anzeichen, dass er in meinen Fall verwickelt ist?«

»Eher nicht. Zwischendurch hatte ich seinetwegen ein richtig schlechtes Gewissen. Er hat mir ein Wasser angeboten und beim Einschütten gezittert wie Espenlaub. Meiner bescheidenen Meinung nach taugt er nicht zum gewieften Verbrecher.«

»Alles klar«, sagte Katharina. »Dann verlasse ich mich auf dein fachmännisches Urteil. Vielen Dank.«

Sie beendete die Verbindung und dachte dabei an einen anderen Mann, von dem ihr etwas vorgespielt worden war, ohne dass sie etwas bemerkt hatte. Manchmal warnte einen der eigene Instinkt zu spät – das hatte sie schmerzhaft erfahren müssen. Doch trotz dieser Erkenntnis würde sie Jans Einschätzung zunächst nicht anzweifeln.

24

Alexander fielen zwölf Orte ein, die eine Bedeutung in seiner Kindheit oder Jugend gehabt hatten. Als Daniel sie über die Ankunft in der Kleinstadt informiert und Katharina ihm die infrage kommenden Stellen durchgegeben hatte, verliefen die restlichen Stunden der Autofahrt ruhig. Sie legten mehrere Pausen ein, bis sie abends Richtung Zielort fuhren, um die Frist einzuhalten.

Zehn Minuten vor deren Ende klingelte Alexanders Handy. Mittlerweile saß Katharina am Steuer und schaute nur kurz auf das in der Freisprecheinrichtung steckende Gerät.

»Wieder eine neue Nummer?«

Alexander nahm das Telefon heraus. »Ja.«

»Verdammt clever. Wahrscheinlich hat er verschiedene SIM-Karten und nutzt sie jeweils bloß für einen Anruf.«

Ehe das Gespräch auf der Mailbox landete, drückte er die Annahmetaste.

»Hallo?«

»Meinen Glückwunsch!«, ertönte die arrogante Stimme von Burmeister. »Diesmal hast du meine Bedingung eingehalten. Wenn ich mir deinen aktuellen Standort angucke, hast du fünfundfünfzig Prozent der Strecke zurückgelegt. Weißt du inzwischen, wo ich mich mit deinem Schatz versteckt habe?«

»Das wirst du früh genug rausfinden.«

Burmeister lachte. »Huhu. Das klingt ja fast wie eine Drohung. Lass ich dir das durchgehen? Oder koste ich zur Strafe noch einmal von Maries süßem Fleisch?« Schnuppernd sog er die Luft ein. »Ihre Muschi riecht wirklich gut.«

»Wag es nicht!«, stieß Alexander wütend aus. »Sonst wird es dir leidtun.«

»Das ist nun zweifellos eine Drohung! Pass auf, sonst wird es *dir* leidtun.«

Katharina, die das Gespräch über die Freisprecheinrichtung mithören konnte, machte eine beschwichtigende Geste mit der rechten Hand. Sie wollte nicht, dass das Telefonat eskalierte.

Für einen Moment sagte keiner der beiden Gesprächsteilnehmer ein Wort. Dann seufzte Burmeister.

»Okay. Genug gestritten. Ich bin ja kein Unmensch und halte meine Zusagen ein. Doch solltest du nicht vor Ablauf der achtundvierzig Stunden hier sein, wird es deiner holden Gattin schlecht ergehen.«

»Was passiert denn, falls ich es rechtzeitig schaffe?«, erkundigte sich Alexander.

Katharina hatte ihn während der langen Fahrt gebeten, bei nächster Gelegenheit diese Frage zu stellen.

»Marie werde ich freilassen, sodass sie ihr Leben weiterleben kann.«

»Und was hast du mit mir vor?«

»Für dich ist Zahltag.«

»Zahltag?«

»Man kann nicht einfach die Ehefrau eines anderen ficken und glauben, ungestraft davonzukommen.«

»Es tut mir leid«, murmelte Alexander.

Wieder lachte Burmeister spöttisch. »Vergeben werde ich dir nicht.«

»Was hast du vor?«

»Du wirst es noch erfahren. Jetzt will ich meine Kleine sprechen.«

Alexander starrte Katharina überfordert an. Sie schüttelte lediglich den Kopf.

»Nein!«, presste er unsicher hervor.

»Wie bitte?«

»Nein!«

»Gib mir sofort meine Frau!«, schrie der Mann aufgebracht.

Katharina deutete an, dass Alexander das Telefonat beenden sollte.

»Wirklich?«, fragte er tonlos.

Sie nickte. Also folgte er der Aufforderung.

»Und nun?«

»Verdammt!«, fluchte sie. »Ich hatte befürchtet, dass das geschieht.«

»Gewarnt hast du mich ni…«

Das Klingeln von Hannahs Handy ließ ihn verstummen.

»Geh nicht dran! Vielleicht gibt er auf.«

Doch kaum war der Klingelton nach dreißig Sekunden abgebrochen, setzte er kurz darauf erneut ein.

»Sag ihm, du willst mit Marie reden. Erst danach würdest du ihm Hannah geben. So gewinnen wir Zeit.«

Als müsste er Mut für die bevorstehende Konfrontation sammeln, atmete Alexander tief ein. Dann nahm er das Gespräch entgegen.

»Hol Marie ans Telefon!«, forderte er.

»Spinnst du?«, brüllte Burmeister. »Du bist nicht in der Position, um Forderungen zu stellen!«

»Ich will mich davon überzeugen, wie es ihr geht. Ich will von ihr hören, was du getan hast.«

»Du gibst mir sofort meine Frau, sonst …«

Mitten im Satz brach er ab. Im nächsten Moment war die Leitung unterbrochen.

»Das kapier ich nicht«, sagte Alexander verwirrt. »Warum legt er einfach auf?

»Als wenn etwas seine Aufmerksamkeit auf sich gezogen hätte«, bestätigte Katharina.

»Hoffentlich ist Marie nichts passiert«, meinte ihr Beifahrer besorgt.

25

Ich bin in zwei Minuten bei dir.

Diese überraschende SMS hatte Burmeister völlig aus dem Konzept gebracht. Bevor seine Komplizin Zeugin davon werden konnte, mit welchen unerwarteten Schwierigkeiten er gerade zu kämpfen hatte, beendete er die telefonische Auseinandersetzung. Sollte Risse ruhig dieses eine Mal seinen Willen bekommen. Morgen früh würde er auch nichts mehr davon haben.

Burmeister saß in einem abgedunkelten Zimmer. Lediglich der Computerbildschirm erhellte den Raum. Auf dem Schreibtisch lagen insgesamt sechs Handys. Er öffnete die Abdeckung des Geräts, das er eben benutzt hatte, und nahm den Akku heraus.

Seine Partnerin war enorm weitsichtig. An solche Details hätte er allein niemals gedacht, aber sie hatte die ganze Aktion perfekt durchgeplant. Er würde sich grausam an seinem Nebenbuhler rächen können.

Während er wartete, beobachtete er die blinkende Anzeige, die ihm relativ genau die Position der beiden Handys anzeigte. Sie waren noch einhundertfünfzig Kilometer vom Versteck entfernt. Doch Burmeister zweifelte daran, dass sie diesen speziellen Ort ohne Hilfe fänden. Wahrscheinlich müsste er Alexander dorthin dirigieren, damit die Falle endgültig zuschnappen könnte.

Ob Risse jemals herausfinden würde, wer ihn ans Messer geliefert hatte?

Er erinnerte sich an das erste Zusammentreffen. Sie hatte ihn in der Nähe seines Arbeitgebers abgefangen und ihn um ein paar Minuten seiner Zeit gebeten. Ihre nebulösen Andeutungen, um was es ginge, hatten sein Interesse geweckt. Also waren sie zu einem von ihr vorgeschlagenen Café gefahren, wo sie ihm per Smartphone aufgenommene Bilder gezeigt hatte: Hannah im vertraulichen Gespräch mit einem ihm damals unbekannten Mann. Hannah und dieser Kerl, die einen Hoteleingang ansteuerten. Eine sehr glücklich wirkende Hannah beim Verlassen des Hotels. Das alles war eindeutig gewesen und hatte den Wunsch ausgelöst, ihnen den Verrat heimzuzahlen. Auf eine derbe, brutale Weise. Sie hatte ihm jedoch verdeutlicht, dass es raffiniertere Möglichkeiten gab, mit den beiden abzurechnen. Deswegen saß er nun in diesem Raum und ließ die Beteiligten wie die Figuren eines Puppenspielers über die Bühne tanzen. Nach ihrer Motivation gefragt, hatte sie ihm gestanden, sich auf Risse ohne Kenntnis von dessen Ehe eingelassen zu haben. Nachdem sie dahintergekommen sei, habe er ihr eiskalt gesagt, dass er ihretwegen niemals die Scheidung einreichen werde, woraufhin sie sich von ihm getrennt habe.

Es gab nichts Schlimmeres als die Rache einer verschmähten Frau. Sein Nebenbuhler würde noch schmerzhaft zu spüren bekommen, wie viel Wahrheit in diesem Spruch steckte.

Burmeister hörte, wie jemand die Türklinke heruntedrückte. Er schaute über die Schulter und lächelte der Frau zu, die im Türrahmen stand.

»Hey«, begrüßte er sie. »Hast du gut hergefunden?«

»Hast du vergessen, dass *ich* diesen Ort ausgewählt habe?«

In ihrer Stimme lag ein amüsierter Unterton, der ihn verletzte. Statt etwas zu erwidern, konzentrierte er sich wieder auf die Bildschirmanzeige.

»Wenn sie in dem Tempo weiterfahren, sind sie wohl kurz nach Mitternacht hier«, stellte er fest.

Mittlerweile stand sie hinter ihm. Er roch ihr dezentes Parfum, was ihn sofort an ihre aufregenden gemeinsamen Stunden erinnerte. Oh ja, Hannah hatte auf den Schnappschüssen glücklich ausgesehen, aber so hatte er nach jedem seiner Treffen mit dieser Frau bestimmt auch gewirkt. Trotzdem war Hannahs Schuld durch seine Untreue noch lange nicht beglichen. Sie hatte damit begonnen. Das war in seinen Augen der entscheidende Unterschied.

»Schon kurz nach Mitternacht?«, fragte sie überrascht.

»Früher als erwartet.«

»Ihre heutige Reiseroute war seltsam. Vormittags hatte ich sogar geglaubt, sie hätten es kapiert, dann sind sie allerdings vom direkten Weg völlig abgekommen.«

»Mir scheint, sie verarschen dich.«

»Wie ...«

Plötzlich spürte er einen abrupten Schmerz an seinem Hals. Etwas quetschte seine Haut, raubte ihm die Luft zum Atmen.

»So wie ich es getan habe«, flüsterte sie.

Mit einer Hand versuchte er loszuwerden, was er so unangenehm nah an seiner Kehle fühlte. Er ertastete einen dünnen Draht, der sich jedoch nicht umfassen ließ. Mit der Rechten schlug er nach hinten. Doch die Position war zu ungünstig, um der Angreiferin wehzutun. Der Draht war lang genug, sodass sie ein Stück zurücktreten konnte, ohne den Druck zu verringern. Verzweifelt um sein Leben kämpfend, griff er nach vorn und erwischte eines der dort liegenden Handys, das er hinter sich schleuderte. Wirkungslos traf es die Wand. Als er ein weiteres Gerät packen wollte, zog sie die Schlinge erbarmungslos zusammen. Seine Gegenwehr erlahmte.

* * *

Johanna stieß den leblosen Mann vom Stuhl. Er hatte seinen Part bravourös gemeistert, aber im Schlussakt wäre er lediglich ein störendes Element gewesen. Dumpf prallte der Körper auf den Laminatboden. Hier sollte er erst einmal liegen bleiben, bis jemand irgendwann die Wohnung beträte.

Einen kurzen Moment empfand sie beinahe Mitleid mit ihm. Erstaunlich, wie leicht er ihre Lügen geglaubt hatte. Den Grund, warum sie sich an Alexander rächen wollte.

Ob er wohl ebenfalls mitgemacht hätte, wenn er ihre wahren Absichten gekannt hätte?

Sie dachte an Katharina Rosenberg und die Informationen, die diese in den nächsten Stunden erhalten würde. Dies war Johannas dritter Versuch, die Kommissarin zum Tanz aufzufordern, und sie zweifelte nicht eine Sekunde daran, dass es ihr jetzt endlich gelingen würde. Die aufgetretenen Schwierigkeiten bestätigten ihr nur, eine ebenbürtige Gegnerin gefunden zu haben.

Ob sie die Verzweiflung in den Augen der Kontrahentin genießen könnte, wenn diese im Sterben läge und Johanna ihr das gut gehütete Geheimnis ins Ohr flüstern würde?

Sie beobachtete den blinkenden roten Punkt. Im Gegensatz zu dem kürzlich Verstorbenen wusste sie genau, dass die Polizei eingeschaltet war. Trotzdem würde es Rosenbergs Kollegen nicht gelingen, die Oberkommissarin zu retten.

Menschen hatten Schwachpunkte. Mittlerweile war es eine ihrer Stärken, solche Schwächen zu erkennen und auszunutzen.

So war es Johanna nicht verborgen geblieben, wie sehr sich Katharina für Kriminalkommissar Schult interessierte. Bestimmt war es ihr sehr wichtig, dass er unversehrt blieb.

26

Zwanzig Minuten nach Mitternacht fuhr Katharina von der Autobahn ab. Frank hatte sich eine Stunde zuvor gemeldet und ihr mitgeteilt, dass sie sich in einer noch geöffneten McDonald's-Filiale mit ortsansässigen Polizisten zu einer Besprechung treffen würden.

»Der Laden ist eröffnet worden, als ich vierzehn war«, erinnerte sich Alexander. »Eine Riesenattraktion für die verschlafene Kleinstadt. Besonders wir Jugendlichen haben uns oft dort getroffen.«

An einer Ampel bog sie links ab und passierte kurz danach das Ortseingangsschild. Obwohl die Filiale unübersehbar war, wies er sie darauf hin, dass sie an der nächsten Kreuzung rechts abbiegen musste.

Auf dem Parkplatz bemerkte Katharina sofort Frank und Daniel, aber von Gruber und den anderen Polizisten war nichts zu sehen.

»Habt ihr die Anreise genossen?«, fragte Daniel mit einem verschmitzten Lächeln.

»LKW-Fahrerin wäre kein Job für mich. Den ganzen Tag auf der Straße – dafür muss man geboren sein. Wo sind die Kollegen?«

»Die sitzen drinnen an einem geräumigen Tisch. Am besten ist wohl, wir holen uns erst mal einen Kaffee, bevor wir zu ihnen stoßen.«

»Eigentlich hatte ich eher an einen fetten Burger mit einer Extraportion Käse und Speck gedacht«, sagte Katharina.

»Du willst den Marathon streichen? Ich kann dich abmelden«, neckte Daniel sie.

»Du hast nur Angst, dass ich vor dir im Ziel sein könnte.«

Er schnaubte amüsiert. »Iss ruhig den Burger und träum weiter davon, am Ende vor mir ins Ziel zu rollen.«

»Genug geflirtet«, unterbrach Frank sie. »Dein Trainingspartner und ich gehen jetzt zuerst rein, ihr folgt in zwei Minuten.«

Ohne ein Zeichen des Einverständnisses abzuwarten, ging er los, und Daniel eilte ihm hinterher.

»Wie kommst du auf die Idee, wir würden flirten?«, erkundigte er sich deutlich vernehmbar. Katharina spitzte die Ohren. Zu ihrem Bedauern bekam sie Franks Antwort nicht mehr mit, da die beiden Kollegen das Fast-Food-Restaurant betraten.

»Bist du an ihm interessiert?«, fragte Alexander neugierig.

»Zumindest ist er nicht verheiratet«, erwiderte sie vorwurfsvoll.

»Du hast mir also noch immer nicht verziehen.«

»Ich fand dich wirklich nett«, gestand sie seufzend. »Ich wollte mehr als bloß eine gute Nummer schieben.«

»Tut mir leid«, entschuldigte er sich zerknirscht. »Wahrscheinlich habe ich das alles hier verdient.« Er machte eine ausholende Handbewegung.

»Einen Tritt in die Eier? Ja. Das hier? Garantiert nicht.«

»Danke«, murmelte er.

»Ich bin Polizistin. Ich mache nur meinen Job.«

»Außerdem bin ich froh, dass es dir gefallen hat.«

Verständnislos sah sie ihn an.

»Na, weil du von einer guten Nummer sprachst.«

Wie abgemacht holten sich Katharina und Alexander zunächst warme Getränke, bevor sie sich zu den Kollegen an den Tisch setzten.

»Wir haben die genannten Orte weitestgehend überprüft«, erklärte der Wortführer – ein Mann mit fülligem dunkelblonden Haar und breiten Schultern, der eine braune Lederjacke und eine schwarze Jeanshose trug. »Drei potenzielle Verstecke sind übrig geblieben.«

»Wieso können Sie die anderen ausschließen?«, hakte Frank nach.

»Bei den meisten herrschte zu viel Betrieb. Kein Entführer dieser Welt könnte dort eine verschleppte Frau unbemerkt mehrere Stunden gefangen halten. Zwei andere Gebäude, bei denen wir nicht völlig sicher waren, haben Zivilbeamte erfolglos durchkämmt.«

»Dann nennen Sie uns Einzelheiten zu den Orten, die noch in Frage kämen«, bat Katharina.

Der Beamte holte sein Smartphone aus der Jackentasche und öffnete eine Notiz.

»Die Astrid-Lindgren-Grundschule.«

»Eine Grundschule?«, wunderte sich Daniel. »Die Sommerferien sind doch vorbei.«

»Stimmt, allerdings werden dort seit dem Sommer keine Kinder mehr unterrichtet. Das Gebäude wird wegen Asbest aufwendig saniert. Selbst die dazugehörige Hausmeisterwohnung steht leer.«

»Haben die Arbeiten bereits begonnen?«, fragte Frank.

»Sie starten am Montag. Das Gelände ist abgesperrt – wir hatten also keine Gelegenheit, jemanden diskret hineinzuschicken«. Der Beamte blickte Alexander an. »Außerdem kommt das Haus Ihres Jugendfreundes Dennis in Betracht.«

Alexander hatte Katharina auf der Fahrt erzählt, dass er in seiner Kindheit zahllose Nachmittage bei Dennis, einem Jungen aus der Nachbarschaft, verbracht hatte. Während Alexanders Eltern beide berufstätig gewesen waren, hatte sich Dennis' Mutter als Hausfrau neben ihrem eigenen Sohn auch um Alexander gekümmert.

»Das Haus wird seit vier Monaten zum Verkauf angeboten. Wir wollten den Makler nicht einschalten, sondern werden uns im Schutz der Dunkelheit Zutritt verschaffen.«

Katharina nickte zustimmend. Je weniger Außenstehende Bescheid wussten, desto größer waren die Erfolgsaussichten einer geheimen Polizeiaktion. »Und der dritte Ort?«

»Das Vereinsheim vom KC Rot-Weiß.«

»KC Rot-Weiß? Klingt wie ein Imbissgericht.«

»Der Kickerclub Rot-Weiß«, erklärte Alexander. »Die offiziellen Vereinsfarben sind weiße Streifen auf rotem Grund. Ich war mal ziemlich gut im Tischfußball. Vier Jahre lang war ich im Verein. Mit achtzehn hatte ich keine Lust mehr.«

»Tischfußball ist bestimmt genauso anstrengend wie richtiger Fußball, oder?«, fragte Katharina amüsiert.

»Körperlich sicherlich nicht. Aber man muss viel reaktionsschneller sein.«

»Wieso befindet sich das Vereinsheim noch im Rennen?«, fragte Gruber.

»Es wird demnächst ebenfalls wegen eines Asbestproblems grundsaniert.«

Katharinas Handy signalisierte vibrierend das Eintreffen einer Nachricht.

»Wie viele Beamte Ihrer Dienststelle stehen uns für die Durchsuchung zur Verfügung?«, erkundigte sie sich, während sie das Telefon aus der Hosentasche zog.

»Insgesamt sechs. Wir drei plus drei Kollegen, die auf einen Anruf warten und dann zu uns stoßen. Wir könnten folglich in Dreierteams vorgehen.«

Die SMS war von einer ihr unbekannten Nummer gesendet worden.

Sorg dafür, dass wir ungestört miteinander telefonieren können. Falls dir das nicht gelingt, wird der süße Daniel in spätestens einer Woche nicht mehr so süß aussehen.

Fassungslos starrte sie auf den Text.

»Katharina?«, drang Franks Stimme in ihr Bewusstsein.

Verwirrt blickte sie hoch. »Was?«

»Alles okay?«

»Ja klar.« Verkrampft um ein Lächeln bemüht, steckte sie das Handy zurück in die Hose. Ihr Blick erfasste das Schild, das den Weg zu den Toiletten wies.

»Mir fehlt die Einsatzerfahrung bei nächtlichen Durchsuchungen«, bekannte Gruber. »Daher würde ich die weitere Entwicklung gern gemeinsam mit Herrn Risse auf der Polizeiwache abwarten.«

»Klingt vernünftig«, sagte einer der ortsansässigen Beamten.

»Entschuldigt ihr mich?«

Katharina eilte zur Damentoilette und stellte erleichtert fest, dass sich niemand darin aufhielt. Trotzdem öffnete sie jede der Kabinentüren und schlüpfte schließlich in die letzte der vier Kabinen. Dort wählte sie die Nummer, die mit der Nachricht übertragen worden war, und lauschte dem Freizeichen, das wenige Sekunden später erklang.

»Lass mich raten«, wurde sie begrüßt. »Du befindest dich in den Toilettenräumen bei McDonald's.«

»Wer sind Sie?«

»Eigentlich müsste ich an dieser Stelle sagen: Mein Name tut nichts zur Sache! Aber solche Spielchen langweilen bloß. Ich heiße Sabine Rautenberger.«

Katharinas Atem stockte. Sie wusste von Gruber, dass Johanna Jenning diesen Namen benutzt hatte, um die Wohnung über Julius anzumieten.

»Und irgendwie«, fuhr die ehemalige BKA-Mitarbeiterin fort, »bin ich der Grund für deinen Besuch in dieser öden Kleinstadt.«

»Sie stecken hinter Maries Entführung?« Katharina versuchte, möglichst überrascht zu klingen.

»Der gehörnte Ehemann war natürlich hilfreich.«

»Was hat Ihnen Marie angetan?«

»Nichts. Sie ist nur Mittel zum Zweck.«

»Zu welchem Zweck?«

»Um dich persönlich kennenzulernen.«

Katharina schloss die Augen. Bis zuletzt hatte sie nicht an Grubers Theorie über eine Serienmörderin, die Julius auf dem Gewissen hatte, glauben wollen. Dieses Telefonat beseitigte auf einen Schlag sämtliche Zweifel. »Wieso wollen Sie mich kennenlernen?«

»Welchen Familienstand trägst du bei deiner Steuererklärung ein?«

»Bitte?«

»Herrje«, stöhnte die Anruferin. »So schwierig ist die Frage nicht. Dein Familienstand? Ledig? Verheiratet? Verwitwet?«

»Letzteres«, flüsterte Katharina.

»Schön, dass du nicht lügst. Ich habe das übrigens gewusst. Oder anders ausgedrückt: Ich bin dafür verantwortlich.«

»Mein Mann ist bei einem Unfall gestorben«, widersprach sie.

»Das ist wohl Definitionssache. Na ja. Wahrscheinlich fällt es auf, wenn du dich zu lange auf der Toilette aufhältst. Komm so schnell wie möglich zur Thomasstraße sieben. Ich warte dort. Allerdings nicht ewig. Falls du Verstärkung mitbringst, bin ich weg und du erfährst nie die ganze Wahrheit.«

Abrupt wurde das Gespräch beendet.

Im Vorraum wusch sich Katharina das Gesicht. Nun kam es darauf an, dass keiner der Anwesenden Verdacht schöpfte. Sie trat nach draußen und lief zielstrebig zum Tisch.

»Puh«, jammerte sie. »Ich bin mir nicht sicher, ob die Milch im Cappuccino noch genießbar war.«

»Alles okay?«, fragte Daniel besorgt.

Sie nickte. »Jetzt schon. Hoffe ich.«

Katharina bemerkte Grubers verwunderten Blick. Die anderen waren zu beschäftigt mit der Planung des weiteren Vorgehens, um ihr genügend Aufmerksamkeit zu schenken.

»Wie weit seid ihr?«, wollte sie wissen.

»Wir teilen uns gerade auf«, erklärte Frank. »Dich haben wir fürs Vereinsheim vorgesehen. Oder willst du lieber zum Grundschulteam gehören?«

»Das ist mir total egal.« Sie erinnerte sich an das fest installierte Navigationsgerät in Alexanders Auto. »Alex, kann ich deinen Wagen haben? Du könntest gemeinsam mit Mark zur Polizeiwache fahren.«

»Kein Problem«, antwortete er.

27

»Frau Rosenberg, kann ich Sie kurz sprechen?«

Katharina drehte sich um. Mark kam angelaufen.

»Hat das nicht Zeit?«, fragte sie.

»In der Toilette ist etwas passiert«, flüsterte er. »Hat Jenning Kontakt zu Ihnen aufgenommen?«

Fassungslos starrte sie ihn an. Wieso war sie für einen Fremden so leicht zu durchschauen? In Sekundenbruchteilen beschloss sie jedoch, ihn ins Vertrauen zu ziehen. Wenn jemand einschätzen konnte, ob die ehemalige BKA-Mitarbeiterin Daniel tatsächlich angreifen würde, dann der Kriminalpsychologe. Also erzählte sie ihm vom Telefonat. »Halten Sie die Warnung für realistisch?«, erkundigte sie sich.

Er nickte bedächtig.

»Verdammt!«, fluchte sie leise. »Was soll ich jetzt tun?«

»Sie hatten vor, auf ihre Bedingungen einzugehen, oder?«, vermutete er.

»Ich war mir nicht sicher. Mein Polizeiinstinkt warnt mich davor. Aber sie hat damit gedroht, Daniel etwas anzutun. Außerdem muss ich herausfinden, ob ihre Behauptung stimmt. Steckt diese Irre wirklich hinter Sarahs Tod?«

»Fahren Sie!«, flüsterte er eindringlich. »Das ist unsere Chance!«

»Was?«

»Ich folge Ihnen mit geringem, zeitlichen Abstand. Mit mir wird sie nicht rechnen. Ich könnte mir aber vorstellen, dass sie den Polizeifunk abhört oder einen anderen Weg gefunden hat, um rechtzeitig vor einem Polizeieinsatz gewarnt zu werden.«

»Katharina!«, rief Daniel. »Wir warten!«

Ihr Blick huschte umher. Daniel musterte sie misstrauisch und schien näher kommen zu wollen. Obwohl sie ungern Entscheidungen unter Zeitdruck traf, hob sie eine Hand. »Alles in Ordnung. In einer halben Minute können wir los.« Sie wandte ihre Aufmerksamkeit wieder Mark zu. »Wie wollen Sie mich unterstützen? Sie sind kein Polizist, haben wohl kaum eine Waffe.«

»Doch, die habe ich. Glauben Sie mir. Gemeinsam werden wir Jenning zur Strecke bringen.«

Noch einmal schaute sie zu Daniel. Seinen Tod würde sie niemals verkraften. Nicht, wenn sie daran die Schuld tragen würde. »Thomasstraße sieben. Ich verlasse mich auf Sie!«

Katharina tippte die Adresse ins Navigationsgerät ein. Für einen heimlichen Beobachter hätte es keinerlei Anzeichen gegeben, dass sie unter höchster Anspannung stand. Ihre Finger zitterten nicht, obwohl sie innerlich völlig aufgewühlt war. Sie war im Begriff, Kollegen zu hintergehen. Möglicherweise gefährdete sie sogar den Erfolg der Durchsuchungen.

Trotzdem hatte Katharina keine Wahl. Sie musste die Wahrheit erfahren. Steckte die ehemalige BKA-Mitarbeiterin tatsächlich hinter Julius' und Sarahs Tod?

Es klopfte an der Seitenscheibe. Per Knopfdruck öffnete sie das Fenster.

»Fahren Sie mir hinterher«, teilte ihr einer der ortsansässigen Polizisten mit. »Am Vereinsheim wartet ein Streifenbeamter. Wir benötigen ungefähr zehn Minuten.«

»Verstanden«, sagte sie lächelnd.

Bereits zweihundert Meter nach dem Schnellrestaurant forderte das Navi sie auf, links abzubiegen. Der Kollege fuhr jedoch geradeaus. Katharina folgte ihm zunächst, denn im Rückspiegel sah sie, dass auch die anderen beteiligten Fahrzeuge momentan nicht abbogen. Es galt, vorläufig keine Aufmerksamkeit zu erregen.

»Neuberechnung in Gang«, informierte sie die weibliche Stimme.

Nach der vierten von der Software vorgenommenen Korrektur der Route ergab sich endlich eine Gelegenheit. Mittlerweile befand sich keiner ihrer Kollegen mehr hinter ihr. Und das Navi verkündete, dass sie bald am Ziel sein würde. Der Polizist im Wagen vor ihr setzte den Blinker und bog an einer Kreuzung nach rechts ab, Katharina hingegen wählte im letzten Moment die linke Spur. Laut Navi würde sie in fünf Minuten den von Jenning genannten Ort erreichen.

Da sie ab jetzt nicht mehr gestört werden wollte, schaltete Katharina ihr Handy aus.

* * *

»Weiber!«, fluchte Thomas Grünstern wütend, während er am Ziel aus dem Wagen stieg.

Als er in die Straße abgebogen war, an deren Ende das Vereinsheim lag, hatte er bemerkt, dass die Kommissarin in die falsche Richtung gefahren war.

»Wie kann man bloß so blöd sein?«

Ein Streifenpolizist in Zivil trat zu ihm. »Was ist los?«

»Warum haben Frauen keinen Orientierungssinn? Sie sollte doch nur hinterherfahren. Was ist daran so schwer?«

»Sei nicht so streng«, empfahl der Kollege schmunzelnd. »Sie hat rechts und links verwechselt. Passiert halt mal.«

Aber Grünstern fand die Situation keineswegs lustig. Unschlüssig starrte er auf das im Dunkeln liegende Gebäude. Sollte er warten oder die Durchsuchung allein mit dem Kollegen vornehmen?

»Das Haus ist nicht sonderlich groß und hat meines Wissens lediglich einen Eingang.« Der Polizist schien seine Überlegungen zu erahnen.

Entschlossen nickte Grünstern. »Wir gehen da jetzt rein.«

* * *

»Ihr Ziel liegt auf der rechten Seite«, informierte sie das Navi.

Katharina schaltete die Autobeleuchtung aus und ging vom Gas. Da die Straße leicht abschüssig war, rollte der Wagen dennoch weiter, bis sie die Bremse betätigte. Fünfzig Meter vor der genannten Adresse stellte sie das Auto am Fahrbahnrand ab. Die Thomasstraße lag in einer verkehrsberuhigten Zone mit etwa zwanzig Häusern auf beiden Seiten.

Zu Fuß näherte sie sich dem zweigeschossigen Haus mit der Nummer sieben. Aus einem Fenster in der ersten Etage drang matter Lichtschein, sonst gab es keinerlei Anzeichen, dass sich dort oben jemand aufhielt. Trotzdem zweifelte Katharina keine Sekunde daran, im Inneren der Widersacherin zu begegnen, die behauptete, für den Tod ihrer Tochter verantwortlich zu sein. Katharina glaubte ihr. Grubers Überlegungen passten genau zu den Aussagen, die Jenning am Telefon gemacht hatte.

Warum es die ehemalige BKA-Mitarbeiterin auf sie abgesehen hatte, blieb ihr aber ein Rätsel. Was bezweckte Johanna Jenning?

* * *

Grünstern und sein Kollege betraten das Vereinsheim des Kickerclubs. Der Kommissar hatte die Dienstwaffe gezückt, während ihm der Streifenpolizist mit einer starken Taschenlampe den Weg leuchtete.

Im Erdgeschoss befanden sich drei Räume, die sie nacheinander inspizierten, ohne etwas zu entdecken.

* * *

Daniel Schult gehörte zu dem Team, das das Haus von Dennis, Alexanders altem Schulfreund, überprüfte.

»Wie verschaffen wir uns Zutritt?«, erkundigte er sich flüsternd, als er mit den ortsansässigen Beamten vor der Haustür stand.

»Nachdem wir heute Nachmittag über die Situation in Kenntnis gesetzt worden sind, habe ich mich entsprechend vorbereitet«, erklärte einer der Polizisten. Er zog einen Dietrich hervor. »Normalerweise sollten wir das Schloss damit ohne Probleme knacken können.«

»Andernfalls wäre es ein Vergnügen für mich, den Makler aus dem Bett zu klingeln«, sagte der dritte Mann. Er deutete auf das an der Tür angebrachte Werbeschild. »Hätte er eh verdient.«

»Kennen Sie ihn persönlich?«

»Der Penner hat mir vorletztes Jahr eine Bruchbude vermittelt, die bloß Ärger macht. Und dafür hat dieser Abzocker auch noch Provision kassiert.«

»Leuchte mal aufs Schloss!«, bat ihn der Kommissar.

Zwei Minuten später hatte er die Tür geöffnet.

»Schade«, brummte sein Kollege. »Hätte mich gefreut, den Mistkerl zu wecken.«

Das Gebäude war schnell kontrolliert. Als würden sie schon ewig zusammenarbeiten, huschten sie von einem Zimmer ins nächste. Auch hier keine Spur von Marie Risse.

* * *

Die erste Etage des Vereinsheims bestand aus einem einzigen großen Raum und zwei Toiletten. Der Streifenpolizist leuchtete mit der Taschenlampe alle Ecken ab. Sie stießen auf keinerlei Hinweise, dass seit der sanierungsbedingten Räumung jemand hier oben gewesen war.

»Zum Abschluss die Klos«, sagte Grünstern.

»Was für eine Zeitverschwendung«, meinte der ihn begleitende Polizist nach der raschen Überprüfung.

»Möchte nur gern wissen, wo diese Rosenberg abgeblieben ist. So sehr kann man sich doch gar nicht verfahren.«

* * *

»Sind drei Leute nicht zu wenig?«, fragte Frank Weimer zweifelnd.

»Wir konnten schlecht die ganze Kavallerie aufbieten, wenn es unauffällig geschehen soll.«

»Kennen Sie den Grundriss?«

»Meine Kinder haben diese Schule bis vorletzten Sommer besucht. Vom Haupteingang geht's nach links zur Aula. Rechts liegen das Lehrerzimmer und das Büro der Direktorin. Der Weg geradeaus die Treppen hoch führt direkt in die beiden Etagen mit den Klassenräumen.«

»Fangen wir in der Aula an?«, schlug Frank vor.

»Meinetwegen.«

Im Laufschritt näherten sie sich der zweiflügligen Eingangstür.

»Haben wir eigentlich einen Schlüssel?«

»Sollte geöffnet sein.«

Der ortsansässige Kommissar zog an der Tür, die nach außen aufschwang. Sie wandten sich nach links und einer der Beamten leuchtete mit einer Taschenlampe in die große Halle hinein.

»Oh mein Gott!«, rief Frank. »Rufen Sie einen Krankenwagen!«

28

Zwei Schritte vom Hauseingang entfernt nahm Katharina die Pistole aus dem Schulterholster. Sie entsicherte die Waffe und richtete sie nach unten. Bevor sie ihre Hand auf den quadratischen Messingtürgriff legte, atmete die Kommissarin tief durch.

Wie würde die bevorstehende Konfrontation ausgehen? Oder spielte diese Jenning bloß ein Spiel und würde ihr im Laufe der Nacht neue Anweisungen geben, um sie von einem Ort zum nächsten zu hetzen?

Die Tür war nur angelehnt. Katharina stieß sie auf und entdeckte am Ende des Flurs eine Gestalt, die mit dem Rücken an der Wand auf dem Boden kauerte.

»Hände hoch!«

Die Person bewegte sich nicht.

War das Marie?

Sie schlich ins Haus. Den Eingang ließ sie weit offen stehen, damit sie in einer Notsituation ungehindert fliehen könnte. Dann trat sie zu der Gestalt und hob ihren Kopf leicht an.

»Hannah«, flüsterte sie überrascht.

Ihre Finger suchten am Hals einen Puls und fanden ihn. Er war schwach, aber beständig. Da sich Alexanders Geliebte jedoch überhaupt nicht regte, vermutete Katharina, dass sie betäubt worden war. Unwillkürlich dachte sie an das Familiendrama, das sie so schnell zu den Akten gelegt hatte. Hatte Gruber etwa auch mit dieser Theorie recht?

Plötzlich ertönte über ihr eine Stimme. »Wie lange brauchst du noch?«

Katharina beförderte Hannah in die stabile Seitenlage, ehe sie sich an den Treppenabsatz stellte. »Was passiert, sobald ich hochkomme?«

Die wartende Frau lachte. »Hast du Angst? Zunächst will ich nur reden. Versprochen.«

Katharina spürte, dass es für sie keine Option darstellte, Hannah zu packen und mit ihr das Haus zu verlassen. Sie musste wissen, ob die ehemalige BKA-Mitarbeiterin wirklich die Schuld an Sarahs Tod trug.

Mit der Dienstwaffe im Anschlag trat sie auf die unterste Stufe. In geduckter Körperhaltung eilte sie rasch nach oben.

»Hallo«, wurde sie von der Frau begrüßt, die dort auf sie wartete.

Die Treppe endete nach einer halben Drehung direkt in einem großen Raum, von dem drei Türen abführten. Jenning stand am Ende des Zimmers und richtete eine mit Schalldämpfer versehene Pistole auf die Kommissarin. Eine matte Glühbirne baumelte nackt vor der Decke.

Auch Katharina nahm ihre Gegnerin ins Visier und betrachtete sie. Das hell blondierte Haar war mittellang, gekleidet hatte sich die mutmaßliche Serienmörderin unauffällig: schwarze Jeanshose, dunkelblaues Sportshirt, dunkle Joggingschuhe.

»Jetzt treffe ich also endlich Julius' Ehefrau.«

»Legen Sie die Waffe beiseite und leisten Sie keinen Widerstand«, forderte Katharina.

Jenning schmunzelte. »Ist das dein Ernst? Glaubst du, ich hätte mir die ganze Mühe gemacht, um mich dann einfach so verhaften zu lassen?«

»Keine Ahnung, was in Ihrem Hirn vorgeht. Ich bin Polizeibeamtin und Sie sollten wissen, dass ich befugt bin, meine Waffe einzusetzen.«

»Tja, dazu müsstest du schneller sein als ich. Und wenn du mich jetzt erschießt, wirst du nie erfahren, was damals geschehen ist.«

Katharina ging einen Schritt in den rechteckigen Raum hinein. Etwa acht Meter trennten die beiden Frauen voneinander. »Wahrscheinlich haben Sie von dem Unfall erfahren und nutzen das jetzt gegen mich.«

»Ach, der arme Julius«, seufzte Jenning. »Sein Rückenleiden war wirklich schlimm. Besonders gelitten hat er, als ihn ein schmerzhafter Stich während des Sex traf. Das war ihm verdammt unangenehm. Ist das bei euch beiden auch passiert?«

Katharina wusste, dass Julius seine gesundheitlichen Probleme den meisten Menschen verschwiegen hatte. Natürlich hätte sie irgendwie auf die Familiengerichtsakten zugreifen können, doch darin stand nichts darüber, wie schwierig sich ihr Sexleben durch die Erkrankung gestaltet hatte.

»Okay, Sie haben ihn also gekannt«, vermutete Katharina. »Trotzdem sprechen alle Beweise dafür, dass meine Tochter und mein Mann bei einem tragischen Autounfall umgekommen sind.«

»Deine süße, kleine Sarah. Vermisst du sie sehr?«

»Halten Sie Ihren Mund!«

»Stellst du dir manchmal vor, wie sie heute aussehen würde? Kinder verändern sich so rasend schnell. Würdest du sie nach achtzehn Monaten überhaupt wiedererkennen?«

Der Wunsch, einfach abzudrücken, wuchs ins Unermessliche. Diesen Körper zu durchlöchern, bis er sich nie wieder bewegen würde.

»Schnauze!«, schrie sie hasserfüllt.

Katharina bemerkte, wie ihr die Situation entglitt. Wollte Jenning das erreichen? Katharina musste den Spieß umdrehen, etwas finden, womit sie Jenning aus dem Gleichgewicht bringen konnte. Durch Gruber wusste sie mehr über die Frau, als diese ahnte. Die ehemalige Polizistin hatte beim Telefonat einen anderen Namen benutzt. Glaubte sie, dass ihr Treiben unbemerkt geblieben war?

»Wieso haben Sie die Seiten gewechselt?«

»Wie meinst du das?« Ihre Miene wirkte plötzlich lauernd.

»Johanna Jenning, beenden wir die Farce. Sie waren Kommissarin beim BKA. Glauben Sie, man kann so viele Menschen töten, ohne irgendwann aufzufliegen?«

Rasch hatte sich die Frau unter Kontrolle. »Diese Party in Hamburg war's, richtig? Ich hatte ein ungutes Gefühl, als Bilder davon auf Facebook aufgetaucht sind. Weil ich darauf nirgendwo zu sehen war, habe ich mich nicht weiter darum gekümmert. Scheint ein Fehler gewesen zu sein.«

»Jeder Mörder macht Fehler«, entgegnete Katharina achselzuckend. »Ihr größter war es jedoch, sich mit mir anzulegen. Und jetzt werfen Sie die Waffe weg.«

»Garantiert nicht! Aber ich habe eine Idee. Wir legen beide unsere Pistolen beiseite und tragen es Frau gegen Frau aus.«

»Warum sollte ich mich darauf einlassen?«

»Es ist deine größte Chance. Genauer gesagt, deine einzige Chance. Außerdem würde ich dir vorab zur Belohnung verraten, wie ich den Unfall arrangiert habe.«

Katharina wog die Möglichkeiten ab. Sie konnte es aufgrund der geringen Entfernung mit einem Schuss probieren. Doch es ließ sich nicht ausschließen, dass ihre Kontrahentin ebenfalls einen tödlichen Treffer landen könnte. Insofern wäre es besser, auf ihren Trumpf zu setzen. In wenigen Minuten müsste Mark hier sein und könnte die Mörderin eiskalt überrumpeln. Das würde ihm sicherlich einfacher gelingen, wenn ihre Gegnerin keine Schusswaffe in den Händen hielte. Außerdem hatte Katharina seit dem Unglück die Vorstellung geplagt,

Julius wäre absichtlich in den Tod gerast. Vielleicht könnte sie diesen Dämon durch neue Erkenntnisse endgültig vertreiben. »Was soll ich tun?«

Jenning lächelte triumphierend. »Ja! Endlich! Folgender Vorschlag: Wir zählen bis drei, bücken uns und legen die Pistolen zu unseren Füßen hin. Sobald jeder diese Bedingung erfüllt hat, reden wir. Und dann kämpfen wir.«

Katharina nickte.

»Eins, zwei, drei.«

Sie bewegten sich fast synchron und keine versuchte, die andere auszutricksen.

»Vorbildlich!«, lobte Jenning. »Was hältst du davon, wenn wir nun jeweils einen Schritt nach vorn treten? Damit keiner auf dumme Gedanken kommt.«

»Okay.«

Die Serienmörderin zählte erneut und wieder hielten sich beide an die Vereinbarung.

»Wie haben Sie den Autounfall arrangiert?«

»Ich wusste, er würde Sarah bei dir abholen. Also bin ich ihm gefolgt. Kaum war er auf dem Nachhauseweg, habe ich ihn angerufen und um eine Aussprache gebeten. Der Ärmste hatte in der Woche zuvor wirklich geglaubt, ich wäre interessiert an ihm. Dabei hatte ich es auf dich abgesehen. Du hattest einen Serienmörder zur Strecke gebracht. So wie ich!«

»Vergleichen Sie uns nicht miteinander!«

Jenning seufzte theatralisch. »Wir trafen uns bei Burger King, und weil ich zuerst dort war, konnte ich schon die Getränke bestellen. Na ja, von dem Barbiturat in seinem Kaffee konnte er ja nichts wissen.«

»Sie haben ihn betäubt? Er saß doch zum Unfallzeitpunkt am Steuer.«

»Dass es genau im richtigen Moment wirkte, war ein gelungener Zufall«, entgegnete Jenning.

Nein!, dachte Katharina. Die Frau erzählte hanebüchenen Unfug. So konnte es nicht abgelaufen sein. Plötzlich wurde ihr klar, dass sie von einer Psychopathin nicht die Wahrheit erwarten konnte.

»Danke für die Beichte«, sagte sie. »Und was stellen Sie sich jetzt vor?«

Jenning zögerte einen Augenblick. Fragte sie sich, warum sich Katharina nicht nach weiteren Einzelheiten erkundigte? Schließlich griff sie in die hinteren Hosentaschen und zog zwei Messer hervor. Die Kommissarin schätzte die Länge der Klingen auf circa zwölf Zentimeter.

»Meinen ersten Mord habe ich mit einem Messer begangen«, bekannte die Mörderin. »Es ist meine Lieblingswaffe.«

»Ein Messerduell?«

»Was spricht dagegen? Jeder bewegt sich um neunzig Grad nach links, damit keiner der Verlockung verfällt, nach der Pistole am Boden zu greifen.«

Noch einmal wog Katharina ihre Chancen ab. Sollte sie versuchen, die Schusswaffe zu ergreifen, könnte Jenning zuvorkommen, auf sie zustürzen und ihr tödliche Wunden mit den Klingen zufügen, bevor sie abdrücken konnte.

»Okay.« Sie machte drei Schritte nach links und beschrieb dabei einen Viertelkreis.

Die ehemalige BKA-Mitarbeiterin kopierte dieses Bewegungsmuster, dann legte sie behutsam eines der Messer auf den Holzboden und schob es zu ihr herüber.

Katharina bückte sich.

»Endlich eine würdige Gegnerin«, seufzte Jenning und sah dabei sehr glücklich aus. »Ich werde es genießen, dich hinzurichten. Jeden einzelnen Stich in deinen Körper werde ich genießen.«

* * *

Die gefesselte Frau blinzelte ins helle Licht der Taschenlampe.

»Sie lebt!« Frank trat an den Stuhl. Die verkrustete Kopfwunde hatte schlimmste Befürchtungen in ihm ausgelöst. Er nahm den Knebel aus Maries Mund, die daraufhin hustete.

Unterdessen lockerte einer der ortsansässigen Polizisten die Fesseln.

»Frau Risse, wie geht es Ihnen?«, wollte Frank wissen.

»Wer sind Sie?«, flüsterte Alexanders Ehefrau.

»Polizei. Sie sind außer Gefahr«, beruhigte Frank sie. »Wir sind zu Ihrer Rettung hier.«

Kaum war das Seil entfernt, half er ihr hoch.

»Meine Beine sind eingeschlafen.«

»Ein wenig Bewegung bringt sie wieder in Schwung.«

»Das fühlt sich schrecklich an. Wie tausend Ameisenstiche.«

»Laufen wir etwas hin und her.«

Marie umklammerte seine Hüfte, gleichzeitig stützte er sie unter den Armen ab. Humpelnd lief das Entführungsopfer los.

»Haben Sie den Mistkerl verhaftet?«

»Wen?«

»Einen Mann namens Konstantin Burmeister.«

»Hat er Ihnen das angetan?« Frank stellte diese Frage, um den Täter für das spätere Strafverfahren eindeutig zu bestimmen.

Doch statt ihm zu antworten, schwieg sie.

»Frau Risse?«

»Das ist kompliziert«, murmelte sie.

»Was genau?«

Am Ende der Bühne angekommen, drehten sie um und gingen denselben Weg zurück.

»Dieser Burmeister hat mich vor ein paar Tagen angerufen und mir gesteckt, dass mein Ehemann Alexander seine Frau vögelt. Er wollte sich an ihnen rächen und machte mir einen Vorschlag. Ich war so sauer. Deswegen habe ich mich darauf eingelassen.«

»Also war Ihr Verschwinden nur vorgetäuscht?«

»Bis gestern Abend schon.«

»Was hat sich dann geändert?«

»Wir kamen in einem Unterschlupf an – eine leer stehende Wohnung. Dort hat er mich plötzlich niedergeschlagen und an einen Stuhl gefesselt. Er hat …« Sie stoppte abrupt.

»Lassen Sie sich Zeit.«

Nach einer Weile fand sie die Kraft, weiterzusprechen. »Er hat Alexander per Videoanruf kontaktiert und mir ein Messer an den Hals gedrückt.« Sie deutete auf eine Stelle, an der Frank eine kleine Wunde entdeckte.

»Wir wissen von diesem Telefonat«, half er ihr. »Über den Rest können wir später reden. Das Wichtigste ist, dass Sie es überstanden haben und er seine gerechte Strafe erhalten wird.«

29

Mit nach vorn gerichteten Messern standen sie einander gegenüber.

Jenning hatte zwei Angriffe angetäuscht, doch die Manöver
waren leicht zu durchschauen gewesen.

»Du bist kein schreckhaftes Mädchen«, lobte die Mörderin.
Dann bewegte sie sich rasch vorwärts und stach zu.

Katharina wich aus und versuchte ihrerseits erfolglos, einen
Treffer zu landen. Wieder belauerten sie sich. Bis plötzlich eine
Stimme erklang.

»Waffe runter!«

Mark Gruber hatte sich heimlich angeschlichen und richtete eine Pistole auf die Frau, die er seit mehreren Jahren jagte.

»Johanna Jenning, es ist vorbei.«

Verzweifelt stürmte sie in Katharinas Richtung. Ihr Hieb
zielte auf den Hals. Die Kommissarin bückte sich rechtzeitig.
Mit der Schulter rammte sie die Kontrahentin beiseite. Diese
stöhnte vor Schmerz, prallte zurück und stürzte zu Boden, wobei
ihr das Messer aus der Hand glitt. Sofort kam der Kriminalpsychologe herbeigeeilt. Sein Fuß kickte die Stichwaffe weg.

Katharina nahm die beiden Schusswaffen an sich. Jenning
blickte unterdessen zu ihm hoch.

»Wir sind uns bislang nicht vorgestellt worden. Wer sind Sie?«

»Ich arbeite beim BKA als Kriminalpsychologe.«

»Also sind *Sie* mir auf die Spur gekommen?«

Er nickte. In seiner Miene war ein Hauch von Selbstgefälligkeit zu erkennen.

»Was habe ich falsch gemacht? War es die verdammte Party in Hamburg?«

»Teilweise. Außerdem habe ich in Erfahrung gebracht, dass Sie für kurze Zeit die Wohnung über Julius Rosenberg bezogen hatten. Und als Serienmörderin sollte man es vermeiden, geblitzt zu werden.«

»Johanna Jenning, ich verhafte Sie wegen mehrfachen Mordverdachts«, sagte Katharina. »Stehen Sie auf!«

Mühsam erhob sich die Verdächtige. »Es gibt allerdings ein Problem, wenn ihr mich in Gewahrsam nehmt.«

»Unterlassen Sie Ihre Spielchen! Sie haben verloren.«

»Wie viele Tage kommt ein siebenjähriges Mädchen ohne Wasser aus? Wie lange dauert es wohl, bis sie elendig verdurstet ist?«

Katharina sah sie fassungslos an. »Was reden Sie da?«

»Deine süße Sarah lebt. Noch.«

»Glauben Sie wirklich, ich falle darauf herein?«

»Ich kann es sogar beweisen.«

Das ist nur ein mieser Trick, sagte sich Katharina. Sie wollte diesen irrationalen Anflug von Hoffnung direkt unterdrücken.

»Wie wollen Sie es beweisen?«, fragte Gruber.

»In meiner Hosentasche befindet sich ein Handy. Ich habe Bilder und Videos aufgenommen.«

»Unsinn!«, widersprach die Kommissarin. »Am Unfallort wurden zwei bis zur Unkenntlichkeit verbrannte Leichen gefunden.«

»Richtig. Ich begehe sicher keine Anfängerfehler.«

»Wer war denn dann das tote Kind?«

»Ein Mädchen, das ich wenige Tage vorher in Neuss entführt hatte. Googelt es.«

Drei Minuten später trat Mark an ihre Seite. »Sie hat recht. Es gab eine Kindesentführung zum fraglichen Zeitpunkt. Ein fünf Jahre altes Mädchen, das spurlos verschwunden ist. Sie ist nie wieder aufgetaucht. Weder tot noch lebendig.«

Katharinas Herz raste. War es möglich, dass Sarah tatsächlich noch lebte? Oder arbeitete Jenning bloß an einem verzweifelten Fluchtplan?

»Darf ich dir mein Telefon reichen? Es steckt in meiner vorderen linken Hosentasche.«

»Ich erschieße Sie, falls Sie nach einer Waffe greifen.«

Betont vorsichtig senkte Jenning eine Hand und griff in die Tasche. Langsam zog sie das Smartphone heraus, das sie ihnen entgegenstreckte. »Auf der Startseite findest du einen Ordner, den ich *Sarah* genannt habe.«

Katharina machte einen Schritt nach vorn und nahm ihr das Gerät ab. Sie wischte übers Display, wodurch das Handy entsperrt wurde. Sofort entdeckte sie den Ordner. Zitternd berührte sie ihn mit dem Zeigefinger. Zwölf kleine quadratische Bilder bauten sich auf.

»Oh Gott«, flüsterte sie und schlug sich eine Hand vor den Mund. Die Fotos zeigten ein abgemagertes Kind mit verfilztem Haar. Das Gesicht war dreckig, die Kleidung fleckig. Obwohl sich das Mädchen verändert hatte, erkannte Katharina ihre Tochter wieder.

»Wann haben Sie das aufgenommen?«

»Wisch nach links. Da ist ein Video, das deine Frage beantwortet.«

Sie folgte der Anweisung und startete den Film durch einmaliges Antippen.

Auf einem Tisch lag eine Zeitung vom gestrigen Tag, was Katharina anhand der Schlagzeile eindeutig feststellen konnte. Dann erhob sich die Filmemacherin und ging in eine zweckmäßig eingerichtete Küche. Da die Rollläden am Fenster heruntergelassen waren, gab es keinerlei Anhaltspunkte, um die Lage der Wohnung mittels der Umgebung zu identifizieren.

»Ich bringe dem Balg jetzt Essen und Trinken«, erklang Jennings Stimme. Aus dem Kühlschrank holte sie eine Halbliterflasche Wasser und zwei Waffeln. »Das sollte reichen.«

Sie öffnete eine Schublade, in der sich ein einzelner Schlüssel befand, und steckte ihn in ihre Hosentasche. Von der Küche aus lief sie in den Hausflur, von dem eine Treppe ins Kellergeschoss führte. Unten passierte Jenning zwei Türen, ehe sie vor einer besonders massiven Holztür stehen blieb und die Verpflegung abstellte. Kurz darauf schob sie den Schlüssel ins Schloss, drehte ihn herum und betrat das Verlies.

Sarah hockte auf einer Matratze. Außerdem entdeckte Katharina einen Eimer, der wahrscheinlich als Toilette diente. Das Mädchen schaute hoch. Ihr stumpfer Blick versetzte der Mutter einen Stich.

»Hier sind Waffeln und Wasser für dich. Du solltest es dir gut einteilen, denn ich weiß nicht genau, wann ich wiederkomme.«

Statt einer Antwort senkte Sarah den Blick. Der Film brach ab.

»Wie du siehst, hat sie gestern noch gelebt. Wie lange kommt sie wohl ohne Wasser aus?«

»Wo ist sie?«, fragte Katharina, während sie dem Kriminalpsychologen das Telefon reichte.

»Das wirst du ohne meine Hilfe nicht rechtzeitig herausfinden.«

Katharina gab der Psychopathin eine schallende Ohrfeige. Deren Kopf flog zur Seite. Doch sie grinste lediglich wegen der groben Behandlung.

»Wenn du so weitermachst, verurteilst du die Kleine zu einem erbärmlichen Tod.«

»Vielleicht auch nicht.« Ohne Vorwarnung boxte sie ihr in den Magen.

Jenning krümmte sich. »Ganz sicher sogar«, stöhnte sie. »Allerdings hätte ich einen Vorschlag, wie wir ein glückliches Ende herbeiführen können«

* * *

Als sie die Polizeistation ansteuerten, versuchte Frank, seine Kollegin per Handy zu erreichen. Ohne Erfolg.

»Ich bin's«, hinterließ er eine Nachricht. »Wir haben Marie gerettet und bringen sie auf die Wache. Der Fall wird immer mysteriöser. Burmeisters Leiche lag in der verwaisten Hausmeisterwohnung. Er ist erdrosselt worden. Ruf mich an, sobald du das abhörst.«

Ob es am Vereinsheim keinen Netzempfang gab?

Fünf Minuten später erfuhr er, dass Katharina kurz vor dem Ziel falsch abgebogen und seitdem verschwunden war.

»Sie haben nicht nach ihr gesucht?«, fragte er aufgebracht. Jetzt, wo Burmeister tot aufgefunden worden war, erschien ihm Marks Theorie viel plausibler. Schwebte Katharina in Lebensgefahr?

»Bin ich ihr Babysitter? Der Kriminalpsychologe ist übrigens auch abgehauen.«

»Was?«

»Ihr Team scheint sich nicht an Absprachen zu halten.«

»Wo ist Professor Gruber hin?«

»Fragen Sie Herrn Risse.«

In einem Besprechungsraum schilderte Alexander die Situation.

»Kaum waren wir hier angekommen, erklärte Herr Gruber mir, dass er Katharina folgen wolle. Ich verstand zwar nicht, warum er sie suchen musste, trotzdem bot ich ihm an, meinen

Wagen über den eingebauten GPS-Tracker aufzuspüren, was er abgelehnt hat. Als hätte er gewusst, wohin sie gefahren ist.«

»Können wir das Fahrzeug orten?«

»Sicher. Mit einer App auf meinem Smartphone.«

* * *

»Reden Sie! Was sollen wir tun?«, forderte Katharina.

»Wir fahren jetzt erst mal zu Sarahs Versteck. Dort sehen wir dann weiter. Den Schlaumeier lassen wir jedoch hier zurück und fesseln ihn mit deinen Handschellen. Er hat uns unterbrochen und ich werde so ungern gestört.«

»Welche Garantien haben wir, dass Sie sich an die Vereinbarung halten?«

»Gar keine«, gestand Jenning. »Aber es ist deine einzige Chance, Sarah zu retten.«

Katharina sah Mark an, der langsam nickte. Offenbar schien er die Situation ähnlich einzuschätzen. Jenning würde unter Druck niemals zusammenbrechen und die genaue Lage des Verstecks preisgeben.

»Okay«, flüsterte sie.

»Sehr schön. Dann müsst ihr mir bloß meine Pistole und die Messer wiedergeben und eure Waffen wegwerfen.«

Gruber legte seine Schusswaffe auf den Boden und schob sie etwa fünf Meter beiseite.

»Meine Knarre und die Messer!«

Der Kriminalpsychologe folgte der Aufforderung.

»Nun stört nur noch eine Pistole«, meinte Jenning.

Obwohl sie befürchtete, einen Fehler zu begehen, erfüllte Katharina die Forderung.

»Fessle ihn.«

Mit einer entschuldigenden Geste trat Katharina zu Mark und legte ihm die Handschellen an. Er gab ihr mit seinem Blick zu verstehen, dass sie das Richtige tat – woran sie allerdings zweifelte.

»Na endlich!« Jenning richtete den Pistolenlauf auf den Kriminalpsychologen. Für einen Moment fürchtete Katharina, dass sie abdrücken würde.

»Ich bin in Versuchung«, sagte die Mörderin. »Doch sobald ich diese Sache abgeschlossen habe, sehen wir uns wieder. Versprochen.«

* * *

Nachdem sie die Autobahn erreicht hatten, entspannte sich Jenning sichtbar. Sie saß rechts von Katharina auf der Rückbank, die Pistole lag zwischen ihren Schenkeln.

»Willst du wissen, was damals wirklich geschehen ist?«

»Aus Ihrem Mund kommen eh nur Lügen.«

»Diesmal nicht. Das verspreche ich.«

30

Achtzehn Monate zuvor.

Johanna wartete auf die beiden. Vor ihr standen drei Getränke. Den Kaffee für Julius und den Orangensaft hatte sie mit speziellen Mitteln präpariert.

Die Tür des Fast-Food-Restaurants öffnete sich. Sein verunsicherter Gesichtsausdruck sprach Bände. Hoffte er immer noch, dass sie eine gemeinsame Zukunft haben könnten?

»Ich bin hier«, rief Johanna.

Er hob grüßend die Hand und dirigierte seine Tochter zu dem Vierertisch.

»Hallo Sabine«, sagte Sarah mit ihrer piepsigen Stimme.

»Na, meine Süße.« Sie hielt ihr den Saft entgegen.

»Da ist ja schon ein Strohhalm drin«, beschwerte sich das Mädchen.

»Das war ich. Ist das schlimm?«

»Ich kann den selbst reinstecken.«

»Oh. Tut mir leid. Das wusste ich nicht.«

»Macht nichts.« Sie trank einen Schluck und besiegelte damit unwissentlich ihr Schicksal.

»Warum wolltest du mich sprechen?«, erkundigte sich Julius.

»Ich werde für eine Woche an die Nordsee fahren«, behauptete Johanna.

»Ganz spontan?«

»Ich muss nachdenken. Vielleicht fehlt ihr mir ja und es gelingt mir dann, mich mit deiner Situation zu arrangieren.«

Sie schob ihm den Kaffeebecher hin. Er griff danach und sie stießen miteinander an.

»Das wäre schön.«

Fünf Minuten später fasste sich Sarah an den Bauch. »Ich habe Bauchweh«, jammerte sie.

»Sollen wir zur Toilette?«

Das Mädchen nickte kraftlos.

»Lass uns stattdessen rausgehen«, schlug Johanna vor.

»Nein! Wenn sie sich übergeben muss, habe ...«

»Lass uns rausgehen!«, wiederholte sie in scharfem Ton.

Er sah sie verwirrt an und spürte, dass etwas nicht stimmte.

»Nimm sie auf den Arm!«, befahl sie.

Sein väterlicher Instinkt schien ihn zu warnen. »Was hast du getan?«

»Wir reden draußen. Die anderen Gäste sollen unser Gespräch nicht mitbekommen.«

Julius hob Sarah hoch und trug sie aus dem Restaurant. Mittlerweile kämpfte das Kind gegen die Bewusstlosigkeit – vergeblich.

Johanna wartete an ihrem Wagen auf ihn. Dicke Regentropfen durchnässten sie in Sekundenschnelle, aber sie machte keine Anstalten, ins trockene Auto zu steigen.

»Was hast du getan?«

»Du hast jetzt die Chance, deine Tochter zu retten.«

»Wie bitte?«

»Ich habe Gift in ihr Getränk gespritzt.« Sie zog eine Spritze aus der Hosentasche.

»*Bist du wahnsinnig?*«

»*Sei leise, bevor uns jemand hört. Es gibt ein Gegengift, welches das Mittel neutralisiert, falls es innerhalb von zwanzig Minuten verabreicht wird.*«

»*Ich ruf die Polizei.*«

»*Dann stirbt die Kleine.*«

»*Das kannst du uns nicht antun.*«

Johanna zuckte nur mit den Achseln.

»*Wer bist du?*«

»*Nicht die Frau, für die du mich gehalten hast*«, *entgegnete sie.* »*Bist du bereit, Sarah zu retten?*«

»*Natürlich! Was soll ich tun?*«

»*Schnall sie hier in meinem Auto im Kindersitz an.*«

Rasch öffnete er die hintere Tür und rümpfte die Nase. »*Wieso stinkt es hier so nach Benzin?*«

»*Beeil dich!*«, *verlangte sie.*

»*Wo ist das Gegengift?*«, *fragte er schließlich.*

»*Öffne meinen Kofferraum.*«

Wahrscheinlich hoffte er, dort eine Spritze zu finden, doch stattdessen lag im Inneren ein länglicher Gegenstand, der in eine dunkelblaue, mit Benzin getränkte Decke eingewickelt und mit Kordel verschnürt worden war. Plötzlich schwankte er. Auch sein Mittel schien mittlerweile zu wirken.

»*Was ist das?*«

»*Du legst die Decke auf deinen Kindersitz.*«

»*Ich kapier das nicht.*«

»*Du warst nicht willens, für deine Tochter zu kämpfen. Nun kannst du beweisen, ob du wenigstens bereit bist, für sie zu sterben.*«

»*Sterben?*«, *fragte er entsetzt. Kraftlos hielt er sich am Auto fest.*

»*Du kennst doch die scharfe Kurve in etwa achthundert Metern?*«

Er nickte wortlos.

»Falls du durch die Leitplanke rast und in den Tod stürzt, werde ich deiner Tochter das Mittel injizieren.« Demonstrativ blickte sie zur Uhr. »Dir bleiben fünfzehn Minuten.«

»Du bist wahnsinnig!«

»Diese Diagnose würden viele Menschen unterschreiben, die das Pech hatten, mir zu begegnen.«

»Ich rufe meine Frau an. Die macht dich fertig!«

»Soll Sarah verrecken? Kurz vor dem Tod wird sie übrigens aus der Bewusstlosigkeit erwachen, weil sich ihre Organe auflösen. Es wird sehr qualvoll für das Mädchen.«

Sein Blick huschte zwischen ihr und dem Wagen hin und her. Er schien zu überlegen, ob er sie überwältigen könnte. Schließlich wagte er es und machte zwei schnelle Schritte in ihre Richtung. Ehe er sie körperlich attackieren konnte, boxte sie ihm gegen den Solarplexus. Stöhnend klappte er zusammen. Johanna musste ihn stützen, damit er nicht hinfiel.

»Vierzehn Minuten«, flüsterte sie in sein Ohr.

»Warum?«

»Das fragen sie alle.«

Entsetzt wich er zurück. »Ich bin nicht der Erste?«

»Nein.«

In seinen Augen erkannte sie, dass er aufgab.

»Habe ich eine Garantie?«

»Mein Wort. Vorausgesetzt, du telefonierst nicht. Apropos. Ich habe eine App auf dein Handy geschmuggelt und sehe genau, ob du es benutzt.«

»Wird sie es überleben?«

»Ja. Das verspreche ich.«

»Und dann?«

»Ich bringe sie zu ihrer Mutter. Dreizehn Minuten.«

Schließlich hob er den Gegenstand in der Decke heraus. »Was ist da drin?«, fragte er.

»Das musst du nicht wissen. Schaff es auf deine Rückbank.«
Johanna folgte ihm zu seinem Wagen.

Johanna fuhr im Abstand von etwa einhundert Metern hinter Julius her. Mit erhöhter Geschwindigkeit näherte er sich der Kurve. Würde er zögern?

Sie hoffte, dass beim Aufprall entstehende Funken die benzingetränkte Decke entzünden und ein Feuerinferno auslösen würden.

Schilder warnten vor der gefährlichen Stelle. Seine Bremslichter leuchteten auf. Traute er sich etwa doch nicht? Schon im nächsten Moment erloschen sie wieder. Der Wagen preschte durch die Leitplanke und verschwand aus ihrem Blickfeld. Langsam passierte sie die Unfallstelle. Ein lauter Knall ertönte und ein Feuerball schoss in die Höhe.

Triumphierend grinste Johanna. Ihr Plan hatte hervorragend funktioniert. Die Polizei würde zwei bis zur Unkenntlichkeit verkohlte Leichen vorfinden. Eine nähere gerichtsmedizinische Untersuchung würde wohl ergeben, dass das Mädchen in Stoff eingehüllt und deswegen besonders übel verbrannt war. Allerdings bestände kein Grund, eine solch arbeitsaufwendige Begutachtung zu beauftragen.

Sie raste davon. In Gedanken malte sie sich den Schmerz aus, den die Kriminaloberkommissarin demnächst ertragen müsste.

* * *

»Es gab kein Gift, oder?«, flüsterte Katharina.

»Natürlich nicht«, antwortete Jenning. »Das waren lediglich K.-o.-Tropfen.«

»Julius hat es wirklich geglaubt.«

»Er wollte es glauben. Wahrscheinlich war er froh, mit seinem erbärmlichen Leben abschließen zu können. Außerdem verabschiedet sich bei den meisten Leuten das Denkvermögen, wenn man sie zeitlich unter Druck setzt. Und ich hatte seinen Kaffee mit einem Psychopharmakon versetzt, um sicher zu sein, dass er nicht zu energisch reagiert.«

»Sie haben mich nie kontaktiert.«

»Falsch. Erinnerst du dich nicht an die verständnisvolle Frau, die dich in die Selbsthilfegruppe locken wollte? Das war ich. Aber du hattest ja kein Interesse an seelischem Beistand. Als ich das nächste Mal drauf und dran war, mit dir zu spielen, begann plötzlich die Mordserie an den Bullen. Also musste ich mich wieder gedulden. Tja, und danach war ich selbst beschäftigt. Am interessantesten jedoch fand ich die Muttergefühle, die Sarah in mir geweckt hat. Eine Zeit lang war es amüsant, mich um deine Tochter zu kümmern. Klar, sie hat viel geflennt und so. Trotzdem war es eine abwechslungsreiche Aufgabe. Zumindest zwei Wochen lang. Seitdem nervt diese Verantwortung gewaltig.«

»Warum haben Sie Sarah nicht einfach getötet?«, fragte Katharina, obwohl es ihr schwerfiel, die Worte auszusprechen.

»Irgendwie habe ich immer geahnt, dass sie mal nützlich sein würde. Ich hatte recht. Ohne sie wären wir jetzt nicht gemeinsam unterwegs und würden so nett miteinander plaudern.«

31

Etwa siebzig Kilometer vor Köln verließen sie die Autobahn. Zunächst dirigierte Johanna sie über eine Bundesstraße, doch nach mehreren Minuten wurden die Straßen schmaler und die Gegend wirkte zunehmend einsamer.

»Bei der nächsten Möglichkeit biegst du links ab«, befahl die Mörderin.

Am Ende des Weges stand ein kleiner Bungalow.

»Home, sweet home«, seufzte sie. »Ich vermute, der Psychofritze hat diesen Ort nie erwähnt?«

»Nein«, gestand Katharina. Eine Lüge hätte ihr keinen Vorteil gebracht.

»Dann war er mir ja noch nicht allzu dicht auf den Fersen.«

»Dicht genug, um zu erkennen, dass Sie hinter der Entführung steckten.«

»Wahrscheinlich war das nur ein Zufallstreffer. Betrachten wir die Fakten. Ich habe das Gebäude vor zwanzig Monaten angemietet. Das hier ist mein Refugium. Wäre er besser gewesen, hätte er mich schon längst geschnappt und deine Süße befreit.«

»Wie bezahlen Sie das Ganze?«, fragte Katharina. »Eine durchs Land streifende Serienmörderin wird kaum ein geregeltes Einkommen haben.«

»Clever kombiniert, Sherlock.« Jenning stieg aus, lief um das Auto herum und öffnete die Fahrertür.

Ohne zu zögern, folgte Katharina der Aufforderung. Die Aussicht, ihre Tochter lebend wiederzusehen – egal, wie traumatisiert sie war – beflügelte sie.

Die Kommissarin musste vorgehen, Jenning hielt deutlich Abstand. Die Pistole richtete sie schussbereit nach vorn. Ein Bewegungsmelder leuchtete auf und tauchte den Eingang in helles Licht. An der Haustür angekommen wies die Psychopathin sie an, sich umzudrehen. In hohem Bogen warf sie ihr einen Schlüsselbund zu.

»Auftragsmorde werden gut bezahlt. Ein oder zwei reichen, um finanziell für ein komplettes Jahr abgesichert zu sein.«

»Es waren bloß Auftragsmorde?«, wollte Katharina überrascht wissen.

»Die meisten Taten nicht. Doch meine besonderen Fähigkeiten sind rar gesät. Vor allem die Albaner greifen gern darauf zurück. Du schließt jetzt auf und gehst fünf Meter ins Innere. Versuchst du irgendeinen Trick, töte ich dich und verkaufe dein Mädchen an eine Kinderpornobande. Ob es ihr wohl gefallen würde, mit sieben entjungfert zu werden?«

Diese Drohung reichte, um Katharina innerlich vollkommen zu entwaffnen. Sie schloss auf und betrat den terrakottafarben gefliesten Flur. Linker Hand befand sich eine verschlossene Tür. Rechts stand eine Tür halb offen und sie erkannte in einem an der Wand hängenden Spiegel, dass dort ein Badezimmer war.

Kaum hatte sie die Mitte des lang gezogenen Hausflurs erreicht, kam Jenning hinterher.

»Willst du einen Blick auf deine Kleine werfen, bevor wir weiterreden und die Alternativen besprechen?«

»Natürlich.« Katharinas Herz schlug schneller.

»Bislang warst du ja brav. Deshalb erfülle ich deinen Wunsch.«

Wie bereits auf dem Video zu sehen gewesen war, mussten sie in den Keller gehen. Es bestand kein Zweifel, dass der Film tatsächlich in diesem Gebäude gedreht worden war.

Vor dem Gefängnis ihrer Tochter angekommen, blieb sie stehen. Trennte sie nun nur noch eine dicke Holztür von ihr? Die Vorstellung erschien ihr unwirklich, nachdem sie achtzehn Monate lang jeden Tag getrauert und den Verlust schmerzhaft gespürt hatte.

»Siehst du die Klappe in Augenhöhe?«

Katharina nickte.

»Schieb sie zur Seite.«

Sie atmete durch und griff nach dem anmontierten Holzknauf. Schwergängig bewegte sich die Blende. Die Kommissarin war sich der Gefahr bewusst, dass Jenning sie hinterrücks niederschlagen könnte, doch dieses Risiko ging sie gern ein. Die Klappe gab ein etwa dreißig Zentimeter breites und fünfzehn Zentimeter hohes Sichtfenster frei. Hektisch scannten ihre Augen den dahinter liegenden Raum. Sarah lag hinten links in der Ecke auf einer fleckigen Matratze und regte sich.

»Sie lebt«, flüsterte Katharina erleichtert.

»Ist das nicht schön?«, entgegnete Jenning sarkastisch. »Sobald du dich sattgesehen hast, sollten wir unsere Möglichkeiten bequatschen.«

* * *

In einem großen Zimmer, das die Mörderin als Fitnessraum nutzte, saßen sie sich gegenüber. Jenning hockte auf einer Butterfly-Maschine, Katharina auf dem grauen Teppichboden. Sie versuchte einzuschätzen, ob sich eines der Geräte als Waffe einsetzen ließe, aber ihr fehlte in diesem Moment die Fantasie, wie ihr ein Laufband, ein Rudergerät oder ein Crosstrainer helfen könnten.

»Es gibt zwei Alternativen«, sagte die Frau. »Ich könnte dich zu deiner Tochter stecken, den Schlüssel umdrehen, meine Sachen packen und abhauen. Keine Ahnung, ob euch jemand rechtzeitig finden würde. Falls ja, könntest du mit ihr nach Hause zurückkehren und auf mich warten. Denn ich versichere dir, dass das Spiel dann noch nicht beendet wäre.«

»Klingt verlockend. Wer soll uns denn in dieser abgelegenen Gegend aufspüren?«

»Ein berechtigter Einwand.«

»Und der zweite Vorschlag?«

»Wir bringen das zu Ende, wobei wir unterbrochen worden sind.«

»Das Messerduell?«

Lächelnd nickte Jenning.

»Was passiert mit Sarah, wenn ich verliere?«

»Da mir die Lust an der Mutterrolle vergangen ist, würde ich meine bereits erwähnten albanischen Freunde kontaktieren. Wahrscheinlich haben sie irgendeine Verwendung für jungfräuliche Mädchen.«

Katharina würde es nicht ertragen, gemeinsam mit Sarah eingesperrt zu werden und ihr beim Sterben zuzusehen. Sehr lange könnte sie bestimmt nicht ohne weitere Flüssigkeit oder feste Nahrung durchhalten.

»Kämpfen wir!«

Begeistert klatschte Jenning in die Hände. »Ich hatte gehofft, du würdest dich so entscheiden.«

* * *

Die Klingen nach vorn gerichtet, standen sie sich gegenüber. Jenning tänzelte, während Katharina bewegungslos verharrte. Sie dachte an Sarah. Dieser Kampf war ihre einzige Chance auf eine Rückkehr ins Leben.

Die Mörderin machte einen Schritt vorwärts, stoppte, ging zurück.

»Ich glaube, ich werde bei den ersten Filmaufnahmen deiner Tochter hinter den Kulissen dabei sein.«

Blind vor Wut stürmte die Polizistin los. Sie stach zu, doch ihre Gegnerin trat rasch zur Seite und leitete einen Gegenangriff ein. Das Messer streifte ihren Arm, Blut quoll hervor.

»Ups«, verhöhnte die Psychopathin sie. »Da habe ich wohl einen Treffer gelandet.«

Katharina atmete tief ein. Sie durfte sich nicht provozieren lassen.

»In meinem Keller liegt eine Axt. Sobald du tot bist, werde ich dich köpfen und deinen Schädel vor ihre Füße rollen. Ob Schnupsi mit diesem besonderen Ball spielen wird?«

Sie will dich aus der Fassung bringen, ermahnte sich Katharina.

Die beiden umkreisten einander. Immer wieder täuschte Jenning einen Stoß an, ansonsten verhielt sie sich passiv. Offenbar wollte sie lieber einen Angriff kontern.

Aber kaum hatte die Kommissarin diesen Gedanken zu Ende gedacht, stürzte die Gegnerin vor. Im letzten Moment wich sie aus, die Klinge schrammte schadlos an ihrer Taille vorbei. Katharina riss den linken Arm hoch und traf mit dem Ellbogen Jennings Kinn. Die Frau stöhnte schmerzerfüllt und geriet ins Stolpern.

Katharina sprang hinterher, ihre Brust prallte gegen den Rücken der Kontrahentin. Beide verloren das Gleichgewicht. Jenning versuchte, sie mit einem Hieb über die Schulter zu verletzen, stach jedoch ins Leere.

Die Polizistin packte den hellblonden Haarschopf, während sie gemeinsam stürzten.

Jenning landete unsanft mit dem Gesicht nach unten auf dem Boden. Unwillkürlich öffnete sich die Messerhand und die Stichwaffe rutschte ihr aus den Fingern. Katharina drückte gleichzeitig deren Kopf gegen den Teppichboden.

»Ich ergebe mich!«, kapitulierte die Mörderin. »Du hast gewonnen!«

Katharina zog den Kopf an den Haaren hoch und ließ ihn noch einmal auf den Boden donnern, bevor sie den erschlafften Körper umdrehte und sich auf den Bauch ihrer Gegnerin setzte. Jenning schüttelte die Benommenheit rasch ab und tastete nach dem Messer, das allerdings außerhalb ihrer Reichweite lag.

Katharina dachte an Julius und vor allem an das Leid, das dieses Weib Sarah zugefügt hatte. »Du lässt dich widerstandslos festnehmen?«

»Ja.«

Doch in den Augen von Jenning las sie ungebrochenen Kampfwillen. Plötzlich bäumte sich die Unterlegene auf. Aus Angst um das Leben ihrer Tochter bohrte Katharina das Messer schreiend bis zum Anschlag in Jennings Brust.

Nach einer Weile erhob sie sich von der Leiche. Dank des Videofilms wusste sie, wo sie den Schlüssel für das Gefängnis zu suchen hatte. Sollte sie ihn nicht finden, würde Katharina die Tür mit der Axt klein hacken.

In der Küche riss sie schwungvoll die Schublade auf. Katharina griff nach dem Schlüssel und umklammerte ihn wie einen kostbaren Schatz.

Wegen zittriger Finger benötigte sie zwei Versuche, bevor sie das Schloss entriegelt hatte. Vorsichtig öffnete sie die Tür, um Sarah nicht zu erschrecken.

In dem Raum stank es beißend nach Urin. Wenn Sarah sich nicht wenige Minuten zuvor bewegt hätte, würde Katharina befürchten, dass sie tot wäre – so reglos, wie sie auf der Matratze lag.

»Schnupsi«, sagte die Mutter leise.

Sie hockte sich auf den Boden und streichelte ihrer Tochter über das verfilzte Haar. Tränen schossen ihr in die Augen. Anderthalb Jahre hatte sie getrauert, aber nun war ihr vom Schicksal ein unerwarteter Neuanfang vergönnt worden. Sie schluchzte, wodurch Sarah anscheinend aufgeweckt wurde. Orientierungslos drehte sie sich um.

»Mami?«, hauchte sie.

»Ja, ich bin hier.«

»Traum?«

»Nein, das ist kein Traum«, antwortete Katharina.

»Bine?«

»Sabine ist fort. Für immer.«

Sarah tastete nach ihrer Mutter, die die Hand behutsam ergriff und festhielt. Ein scheues Lächeln stahl sich auf die Lippen ihrer Tochter.

»Schön«, murmelte sie.

Katharina beugte sich über sie und bedeckte ihr verschmutztes Gesicht mit Küssen. »Es wird alles wieder gut«, versprach sie.

»Mann?«, fragte die Kleine.

»Welcher Mann?«

Sarah zögerte kurz. »Gekümmert«, presste sie schließlich heraus.

Oh Gott! Wie sollte sie bloß erklären, dass Julius gestorben war? »Papi ist nicht hier«, sagte sie schließlich und verschob das Aussprechen der schrecklichen Wahrheit auf einen passenderen Moment.

Epilog

Seit vier Wochen wurde Sarah in einer Klinik behandelt, die auf durch Gewalt traumatisierte Kinder spezialisiert war. Sie machte langsame Fortschritte. Zwar schreckte sie jede Nacht aus Albträumen hoch, doch mittlerweile passierte das nur noch einmal pro Nacht. Ihr Sprachvermögen, das sich in der isolierten Gefangenschaft zurückgebildet hatte, erholte sich zusehends. Die zuständige Logopädin hoffte, dass Sarah in einem halben Jahr den Rückstand zu Gleichaltrigen aufgeholt haben würde und nächsten Sommer eingeschult werden könnte.

Um den Kontakt zur Außenwelt nicht zu verlieren, telefonierte Katharina jeden Abend mit Daniel, der seine Teilnahme am Marathon abgesagt hatte, da er diese Herausforderung gemeinsam mit ihr angehen wollte. Die Gespräche wurden täglich persönlicher, intimer. Fast so, als hätten sie den ersten Kuss übersprungen und wären direkt in der Beziehung gelandet.

Hinzu kamen weitere Telefonate mit Frank, ihren Eltern, Julius' Eltern. Auch mit Mark hatte sie geredet und sich zu einer Nachbesprechung per E-Mail bereit erklärt. Aber als gegen zwanzig Uhr ihr Handy klingelte, hatte sie keine Ahnung, wer das sein konnte.

Vorsichtig erhob sie sich vom Bett, um Sarah nicht zu wecken. Dann eilte sie in das kleine Wohnzimmer der Zweizimmerwohnung, wo das Smartphone auf dem runden Esstisch lag.

»Hallo?«, fragte sie leise, ehe sie zum Schlafzimmer zurückschlich und die Tür anlehnte.

»Hi! Ich bin's. Alexander.«

»Hey«, begrüßte sie ihn erfreut. »Schön, von dir zu hören. Wie geht's?«

»Also hast du nicht mehr das Bedürfnis aufzulegen, wenn du meine Stimme hörst?«

»Die Phase ist vorbei.«

»Das freut mich. Mir geht's so lala. Marie hat nach den Ereignissen ihre Sachen gepackt und ist ausgezogen. Jetzt leben wir im Trennungsjahr. Anfangs fiel es mir schwer, mich damit zu arrangieren.«

»Das tut mir leid«, erwiderte sie aufrichtig.

»War wohl zwangsläufig. Unsere Ehe stand nie unter einem glücklichen Stern. Du weißt ja, dass ich damals eigentlich noch nicht bereit war, zu heiraten.«

»Als erfolgreicher, gut aussehender Geschäftsmann wirst du bestimmt schnell eine neue Partnerin finden.«

»Ja, da bahnt sich gerade etwas an«, sagte er. »Doch ich habe mir geschworen, nichts mehr zu überstürzen.«

»Das klingt vernünftig. Wie läuft es in der Firma?«

»Letzten Endes habe ich Felix überzeugen können, seine Verkaufsabsichten hintanzustellen. Der Erfolg der *WhereYouAre*-Funktion hat ihn in Goldgräberstimmung versetzt. Was macht deine Tochter?«

Katharina erzählte ausführlich von den vergangenen Wochen und den sichtbaren Fortschritten, die Sarah erzielte. Als sie sich voneinander verabschiedeten, versprachen sie sich, zumindest gelegentlich Kontakt zu halten.

Kaum hatte sie das Handy beiseitegelegt, klingelte es erneut. Diesmal zeigte ihr das Display Daniels Namen an.

»Hi«, meldete sie sich.

Eine halbe Stunde später wurde es Zeit, das Gespräch zu beenden.

»Da wäre noch was zu besprechen«, sagte er plötzlich unsicher klingend.

»Schieß los!«

»Ich würde euch gern besuchen. Ist das okay?«

Katharina hatte keine Ahnung, wie Sarah auf einen fremden Mann reagieren würde, und momentan ging das Wohl ihrer Tochter eindeutig vor. »Mich würde es freuen, dich zu sehen«, begann sie diplomatisch, »aber ich muss erst mit dem Kinderpsychologen sprechen, ob er aus Sarahs Sicht etwas einzuwenden hat. Verstehst du das?«

»Natürlich«, erwiderte er. »Mir ist schon klar, auf was ich mich einlasse.«

»Einlasse?«, vergewisserte sie sich.

»Äh, ich meine, falls du und ich, äh«, stammelte er.

Unwillkürlich lachte Katharina.

»Verdammt!«, fluchte Daniel. »Das war jetzt wahrscheinlich selten dämlich. Hab ich's verbockt?«

»Im Gegenteil. Ich fand's süß.«

»Du kannst dir nicht vorstellen, wie sehr du mir fehlst.« Er räusperte sich. »Als Trainingspartnerin und Kollegin«, fügte er anschließend hinzu.

»Bestimmt verfettest du gerade.«

»Schokolade hilft halt gegen den Kummer.«

»Wann hättest du denn Lust, hierherzukommen?«

»Am Wochenende?«

»Okay. Ich frage den Therapeuten morgen früh bei der Sitzung und schicke dir dann eine SMS.«

»Schlaf gut und träum was Schönes«, verabschiedete er sich.
»Du auch.«

Bevor Katharina das Telefon ausschaltete, öffnete sie das Kurzmitteilungsprogramm.

Ich fände es schön, wenn du den Mut fändest, dich auf uns einzulassen.

PS: Mein Handy mache ich jetzt aus.

Sie verschickte die Nachricht, drückte den Ausschaltknopf und ging leise lächelnd ins Badezimmer.

Nachwort

Liebe Leserinnen und Leser,

zunächst einmal möchte ich Danke sagen, weil Sie *Die Draht-zieherin* erworben haben. Ich hoffe, die Lektüre hat Ihnen Spaß gemacht.

Falls Sie *Kainsmal* gelesen haben, waren Sie zu Beginn des vorliegenden Buches möglicherweise verwundert, weil Julius und Sarah noch lebten. Denjenigen von Ihnen, die den ersten Katharina-Rosenberg-Fall nicht kennen, möchte ich verraten, dass *Kainsmal* zu einem Zeitpunkt spielt, nachdem die Streifenpolizisten Katharina die schreckliche Nachricht überbracht haben, aber bevor Alexander in ihr Leben tritt.

Wie geht es nun weiter?

Schon vor dem Schreiben der ersten Sätze von *Kainsmal* schwebte mir eine Trilogie vor, deren Geschichten inhaltlich zusammengehören, jedoch auch weitestgehend einzeln gelesen werden können. *Die Drahtzieherin* ist also der Mittelteil der Serie, bei dem vielleicht einige Fragen offengeblieben sind – zum Beispiel, warum Johanna Jenning die Geduld aufbrachte, sich anderthalb Jahre mit Sarah abzuplagen.

Die Antworten werden im abschließenden Teil der Trilogie gegeben, auf den Sie nun durch die ersten Zeilen einen klitzekleinen Vorgeschmack erhalten:

»Es gibt eine neue Entwicklung im Fall Jenning.«

Ungutes ahnend sah Mark Gruber den BKA-Beamten an, der ihm die Nachricht überbrachte. »Was für eine Entwicklung?«

»In dem Haus, in dem Jenning gestorben ist, haben wir unzählige Fingerabdrücke einer unbekannten Person gefunden. Unter anderem am Schloss des Kellerraums, in dem das Mädchen gefangen gehalten wurde.«

Neugierig geworden? Auf meiner Facebook-Seite (https://www.facebook.com/MarcusHuennebeck) werden Sie über alle Neuigkeiten informiert.

Sollten Sie übrigens Interesse haben, mehr über Mark Gruber zu lesen, möchte ich Ihnen meinen Thriller *Verräterisches Profil* ans Herz legen, in dem der Kriminalpsychologe das erste Mal auftaucht und eine verhängnisvolle Entscheidung trifft.

Herzliche Grüße und bis bald,
Ihr Marcus Hünnebeck

Zeitfracht Medien GmbH
Ferdinand-Jühlke-Straße 7
99095 Erfurt, Deutschland
produktsicherheit@kolibri360.de

Druck:
CPI Druckdienstleistungen GmbH
im Auftrag der
Zeitfracht Medien GmbH
Ein Unternehmen der Zeitfracht - Gruppe
Ferdinand-Jühlke-Str. 7
99095 Erfurt